小学館文庫

めぐるの選択

山本甲士

JN244265

小学館

目次

運命は、信じるか信じないかの問題ではない。
気づくことができたか、できなかったか、だ。

ホーウィット

序　幕　迷った女

その日、魚貫《うおぬき》めぐるは、朝起きたときから、奇妙な空気が漂っているような気がしていた。いつもは七時にセットしてある目覚まし時計が鳴らないと目が覚めないのに、この日は突然覚醒したように目が開いて、むくと布団から起き上がったと同時に、枕もとで目覚ましがけたたましく鳴り出した。

目覚ましを止めた後も、違和感があった。指で目覚まし時計のボタンを押したときの感触が、いつもと違うような気がしたのだ。普段はどの指でボタンを押していただろうか。右手？　左手？　そんなことを少し考えてみたが、よく判《わか》らなかった。

室内を見回した。コーポ二階の、狭い1Kの部屋が一瞬、少しだけ膨張して、また元に戻ったように感じられた。

気が張っているせいで、妙な感覚に陥ってしまうのだろうか。

扇風機が首を振りながら、室内の空気をかき回していた。エアコンはおやすみタイマーをセットして、就寝二時間後に切れるようにしてあり、それから後は扇風機に頼っている。風が直接身体に当たるのはよくないらしいので、やや高い場所に向けて、首を振り続けている。

その扇風機を見ているうちに、首を振る最中に小さな音がしないことに気づいた。新品だった頃は静かだったのだが、何年も使っているうちにいつの間にか、首振りの途中でカタッ、とか、カチッとかいう小さな音を出すようになったはずだ。今はその音が聞こえない。

近づいて、耳をすませてみたが、やはり扇風機は静かに首を振っていた。

あれれ。

温度とか湿度とか、首を振り続けたせいでジョイント部分が摩耗したとか、そういうことが影響して、音がしなくなった、ということだろうか。

それとも、とっくに音なんか出さなくなっていたのに、気づいていなかったのか。

機械にも気まぐれということは、ままある。エアコンだって、冷房の設定をしたのになぜか温風を出すことがあるし、前に使っていた携帯電話は画面が急に固まってボタンを押しても反応しなくなることがあった。

やっぱり緊張しているからなのだろうと思った。今日は早浦《はやうら》市役所の職員採用二次試験だ。奇妙な空気が漂っていると感じるのも、きっと、今日が普段の日とは違うという意識のせいなのだろう。めぐるは「めぐる、大丈夫、あんたは受かるって」と声に出してみた。

カーテンを開けて外を見ると、たくさんの白い雲が、羊の群れのようにたなびいていた。窓を開けてみると、熱気も湿度もなく、わずかな風を感じた。今日もこれから気温がぐんぐん上昇するのだろうが、今はまだ、エアコンなしでも大丈夫のようだ。

しばらく窓を開けて、外の空気を入れることにした。

レースのカーテンだけを閉め直そうとしたときに、再び違和感を感じて、カーテン越しに外を見直した。

　高い植え込みに囲まれた、ちょっと裕福そうな民家。その向こうに見える、いくつもの民家も、もっと先にある自動車販売店の看板も、いつもどおりだった。近くで誰かが見ているような気配もない。

　あ、違う。景色が問題なんじゃないんだ。レースのカーテンを開いたときに、しょっちゅう留め金が引っかかって上手く開けられないのに、今日はすんなり開いたから、いつもと違うと感じたんだ。この窓に取りつけているカーテンは、手前側の遮光《しゃこう》カーテンはそんなことはないのだが、レースのカーテンの方がいつも引っかかって、何度かやり直さないと開かない。

　そんなどうでもいいことを気にしてどうすんのよ。今日は試験だってのに。

　めぐるは気を取り直して、朝食の準備にかかった。朝食といっても、夏場はいつも、バナナ二本とコーヒーで済ませている。試験の日だからといって普段と違うことをする気はないので、いつもどおり、水を入れたやかんをガスコンロにかけた。コーヒーはインスタントではなく、紙フィルターでドリップしている。近所にある業務用の店では、半額シールを貼った賞味期限間近のコーヒー豆がワゴンセールで売られていて、インスタントコーヒーよりも安く手に入る。

小さな座卓の上で携帯電話が『威風堂々』の着メロを流した。手に取って画面を見ると、実家からだった。多分、試験前に何か言ってくるだろうと思っていたが、当日の朝にかけてくるとは。

「めぐる、起きてる?」と、母親が言った。「今日、早浦市役所の二次試験なんでしょ。何時に行くの」

「十時に試験会場に入ってればいいから、全然大丈夫」

「あんたのことだから、駅まで自転車で行って、降りた駅からは歩くつもりなんでしょうけど、暑くて汗かいたりしたら体調がおかしくなるかもしれないから、せめて最後の歩きはやめてタクシーにしなさいよ」

「うん、判った」

実際には、駅から会場までは、バスを利用するつもりでいたが、面倒なのでそのことは言わないでおいた。母親は、素直でない返事をすると、その後の小言が長くなる。

「どう、大丈夫?　受かりそうなの?」

「二次試験は論文と面接だけど、一次通ったら九割方受かるみたいだから、大丈夫なんじゃないの」

「論文って、どんなこと書くの」

「そんなの、問題用紙をめくるまで判んないよ。でも、公務員としての自覚を問うような感じの、ありがちなテーマを出されて、常識的なことを書けばいいはずだから」

「そういう勉強はしてあるのよね。お盆も帰って来なかったぐらいだから」

いちいち引っかかりがある言い方をしてくれる。めぐるは、「うん、してある」と機械的に答えた。

「面接は大丈夫なの？　去年受けた会社は全部駄目だったんでしょ」

「縁起の悪いこと言わないでよ。去年は民間企業の面接を受けて回ったってだけで、公務員試験とは関係ないんだから」

「でも、今度は九割大丈夫って言っても、一割は落ちるってことだから、心配じゃないの、やっぱり」

当日の朝に何でそういう話をしてくるのかな、この人は。心配してくれているのは判るが、当人の気持ちを察するという配慮がいつも欠けている。たまに親戚の集まりなどがあると、「めぐるちゃん、だんだんお母さんに似てきたね」と言われることがあるが、どこを見て言ってるのかと思う。

「お母さん、私にプレッシャーかけるために電話してきたわけ？　九割方大丈夫なんだから、変なこと言わないでよ。仮に駄目だったら、そのときはそのときでしょ」

「深海《ふかみ》市役所の方にしたらよかったのに」

めぐるの実家は隣県の深海市にある。ここ早浦市からは、ＪＲ線を二回乗り換えて、二時間ほどかかる。

「一次試験の日が同じだったんだから仕方ないでしょ」

「だったら実家がある方を選ぶのが普通でしょうに」

「だから、深海市は採用人数が少ないから不利なんだってば。早浦市は大学時代も過ごした場所で、馴染《なじ》みがあるし、友達だってこっちの方が多いの。ね、そういう話を今頃になって蒸し返しても仕方ないでしょ」

「お父さんは、こっちで就職することを期待してたみたいよ」

「何も言われてないよ、お父さんには」

父親は深海市に本社がある接着剤メーカーで働いており、残業や休日出勤も多くて、あまり遊んでもらった記憶がない。たまに実家に帰っても、父親は今でも家に寝に帰るだけ、という感じだから、会話をする機会がない。

「あの人はああいう人だから、あんたに直接言ったりはしないわよ。でも史昭《ふみあき》が関西に行っちゃったから、めぐるには戻って来て欲しかったんだと思うわよ」

「別に外国に住むって言ってるわけじゃないんだから。隣の県じゃないの」

五歳上の兄史昭は、関西の金属加工会社に就職し、既に所帯も構えている。支社や営業所も関西圏内にしかないので、転職しない限り、関西から出ることはないだろう。

「受験票とか、筆記用具とか、携帯とか、忘れ物しないように気をつけなさいよ。財布におカネ、ちゃんと入ってる？」

「はいはい、ちゃんと気をつけます」

「あんた、子供の頃から忘れ物をしてばっかりなんだから。持って行かなきゃいけないものを紙に書き出して、出るときにそれをちゃんと確認すること。判った？」

「言われなくても作ってます」

「試験会場の場所、判ってるのね。勘違いとかしてない？」

「大丈夫だってば、これからいろいろ準備するところだから、これで切るね」

「面接のときは、のんびりしたしゃべり方しないで、はきはきとしないと駄目よ。鼻声なのはどうしようもないけど、せめて態度だけはきびきびとしないと」

この調子だと、子供の頃の話まで持ち出されそうだったので、めぐるは母親がさらに「会場の場所とか時間とか、最後にもう一度確認しておくこと。判った？」と言っているのを遮《さえぎ》るように「はい、はい、はーい」と答えて切った。

実家のダイニングには、日めくりカレンダーがかかっている。ずっと前に、八月二十四日のところにメモ書きをしておいて、ついさっきめくって、娘の二次試験が今日だったと思い出したのだろう。

めぐるは、冷蔵庫の方に目をやった。マグネットで「二次試験に持って行く物リスト」が留めてある。昨夜寝る前に、そのリストにある物はすべてショルダーバッグに納めている。念のため、出る前に最後の確認をするつもりだった。おっちょこちょいなところがあり、子供のときから忘れ物や勘違いが多いことは自覚している。

やかんのケトル音が鳴り出したときに、室内にまたもや違和感を覚えて、ガスコンロを止めてから、見回した。

しばらくして、それを見つけた。

三段ボックス二つを積み上げたものを本棚として使っているのだが、その上に載っている写真立てが前向きに倒れていた。めぐるはそれを手に取って、色あせた写真を見た。

小学一年生のときの写真。実家近くの海岸で、しゃがんで貝殻を拾い上げて、カメラの方に見せ、もう片方の手でピースをしている。めぐるの後ろには、下着のシャツに作業ズボン姿のおじいちゃんが笑って立っている。撮影したのは父親。おじいちゃんと二人で砂浜を歩くことはちょくちょくあったが、このときは父親も一緒だった。

おじいちゃんは、ごま塩頭で耳が大きく横に張り出ていて、ちょっと猫背。目を細めて、というより、顔をくしゃくしゃにして、しゃがんでいる孫娘を見つめている。

室内に漂っていた違和感は、これだったのだろうか。

なぜこの写真立てだけが倒れていたのか。地震などでもし揺れたら、その斜め後ろに立っている細長い三分砂時計の方が先に倒れていたはずなのに。

両親が共働きだったので、幼いときは、おじいちゃんが経営する小さな自転車屋に朝から夕方までいた。めぐるが住んでいた借家から、歩いて十五分ぐらいの距離だった。幼稚園に通うようになってからは、おじいちゃんが迎えに来て、夕方まで自転車屋にいた。

店では、おじいちゃんが自転車を修理するのを眺めたり、店に置いてある大きな水槽の中を泳ぐランチュウを観察したり、テレビを見たり、絵本を読んだりして過ごした。でも、一番強く記憶に残っているのは、おじいちゃんと手をつないで、店の近くにあった岩場混じりの砂浜を歩いたことだった。店はお世辞にも繁盛しているとはいえなかったので、めぐるが退屈そうにしていると、店の奥でラジオを聴きながら新聞を読んでいたおじいちゃんが老眼鏡を外して、「どれ、めぐる。海に行くか」と腰を浮かせ、店を閉めないまま連れ出してくれたものだった。週に二回は行っていたように思う。貝殻を拾ったり、岩場の水たまりに取り残されている小魚を観察したり、イソギンチャクをつついたりするのが楽しくて、「めぐる、そろそろ帰るよ」と言われても、しゃがんだまま聞こえていないふりをしたことを覚えている。

おばあちゃんは、めぐるが生まれたときには既に亡くなっていたので、おじいちゃんは自転車屋と続きになっている家に一人で住んでいた。家はかなり老朽化していて、歩くと床がぎしぎしと音を立てていた。

そんなことを思い出しながら、写真立てを戻した。後ろにつっかえがついているので、簡単には倒れないはずなのに……。

「おじいちゃん。試験頑張れって言いたかったわけね。うん、頑張って来るよ」

めぐるは自分のその解釈が気に入り、おじいちゃんに笑いかけてから、写真立てを元に戻した。

そのとき、写真の中のおじいちゃんが何か言ったように思えて、二度見した。と今度は一瞬、おじいちゃんが雨に濡れているように見えた。

あらためて凝視してから、またため息をついた。そんなことがあるわけない。

おじいちゃん、孫娘が人生の曲がり角に立っているのがよっぽど心配なわけね。

確かに、決断力に欠ける子供だったと思う。今もそういうところはある。

おじいちゃんに連れられて駄菓子屋に行ったときも、どれか一つだけ、と言われていつも迷ってしまって選ぶことができず、おじいちゃんから「早く決めんと、何も買わんで帰るぞ」と脅されて、泣き出したりしていた。

就職先も、どういう道に進むかを決めることができず、去年は友達からの情報を頼りに五十社ぐらいの面接を受けて、すべて不採用に終わった。友達が口をそろえて言うには、「あんたは舌足らずなしゃべり方をするし、テンポも遅いから、トロい人間に見られちゃうのよ。それを直さないと」とのことだったが、どうすれば直るのか、今も判らない。その後、大学生活を過ごした早浦市の市役所に入ることを目標に切り替えたのも、民間企業はどうせ採ってくれないという思いから、消去法で決めたことだった。

「大丈夫、おじいちゃん。普通にやれば受かるんだから。もし失敗したとしても、それで人生が駄目になるってわけでもないんだし。公務員試験だったら、また来年受けることもできる。気楽に行こうよ」

めぐるは写真立てを戻して、コーヒーを淹《い》れることにした。

缶の中に残っていたコーヒー豆は、ちょうど一杯分だった。余分の買い置きはしていないので、ぎりぎりセーフ。普段は、お湯を沸かしてから豆が残っていないことに気づいてがっくりきたり、微妙に豆が残ったのでついでにそれもフィルターに投入し、いつもより濃い味にしてしまって後悔したり、ということが多いので、これはちょっと縁起がいい。

黒っぽいダークグレーのパンツスーツを着込んでショルダーバッグを肩にかけたときに、テーブルの上に置いたままだったマグカップに当たった。あっと思う間もなく、マグカップは倒れて、テーブルから落下。めぐるはとっさに両手を伸ばした。

「おおーっ」と、つい声を漏らした。

すばやくかがんで手を伸ばしたところ、床に落ちる前にマグカップをキャッチすることができた。いつもは鈍くさいだけに、自分にこんなことができたのが信じられない。

しかも、マグカップの中は空だったので、手が汚れることもなかった。一口分ぐらいコーヒーを残したままにしていることがよくあるのだが、今日は飲み干していたのだ。

別に上等のマグカップではないけれど、よかったよかった。コーヒー豆がちょうど一杯分残っていたことといい、何だか今日はいい感じだ。

その後も、ちょっとだけいいことが続いた。

コーポの玄関ドアを開けたときに、階段をはさんだ向かいに住んでいるおばさんも出勤するところだったようで、鉢合わせのような形になった。めぐるが「おはようございます」と一応あいさつをすると、意外なことに、そのおばさんも「おはようございます」と返してきた。今まで、あいさつをしても睨《にら》むような目を向けてくるだけでずっと無視だったのに。彼女の身に何かあったのだろうか。

おばさんが先に階段を下りて行った。めぐるは鍵を差し込んで回して、「あれっ」と口にした。

鍵を差し込んで回すとき、たいがい途中で引っかかってちゃんと回らないのに、今日はすんなり回った。いつもは、一度引っかかったところで、ドアノブをつかんで少し引く力を加えながら回して、やっと施錠できるのに。

下の駐輪場から自転車を出すときも、隣家の柵《さく》の向こうにいる黒い大型犬が吠《ほ》えなかった。いつもは誰が近寄ってもけたたましく吠えるのに、今は柵のところまで近づいて来ただけで、黙ってめぐるを見返している。

「あれ、今日は吠えないんだ。私が試験を受ける日だから、気を遣ってるの？」

そう声をかけてみると、犬は何やら困ったような顔になり、急に踵《きびす》を返して犬小屋の方に戻って言った。

何だか変だぞ。でも、これもいい兆候に違いない。多分。

ショルダーバッグを自転車の前カゴに突っ込み、南早浦駅に向かった。今は八時半。JRとバスを乗り継いでも、試験会場である市役所別館には、九時二十分ぐらいには到着できる。入室締め切り時間は午前十時だから、充分な余裕がある。朝の通勤時間も終わっているので、列車やバスも混んではいないはずだった。

街路樹からセミの鳴き声が聞こえてくるものの、気温はいつもより低いようで、自転車を漕いでいても汗ばむようなことはなさそうだった。暑くなってきたら途中でスーツの上着を脱ぐつもりでいたけれど、もしかしたら最後まで着たまま行けるかもしれない。

国道に出て、交差点にさしかかったときに、ちょうど信号が青に変わったため、自転車を停めずに進むことができた。

今日はやっぱりいつもと違う。いい感じだ。

次の信号も青に変わって、ブレーキをかけなくて済んだ。

そのとき、急におじいちゃんの言葉がよみがえった。

今日は朝から縁起がいいんだ。茶柱が立ったし、いつもは映りが悪いポンコツのテレビがきれいに映ってた。弱ってた金魚、いただろ。あいつも今朝見たら、元気になってたんだ。今日はきっと大漁だ。

小学一年生の二学期以降は、おじいちゃんの自転車屋で時間を潰すのではなく、公民館の学童保育を利用するようになっていた。公民館の一室で宿題をしたり、友達と遊んだりして、親の帰宅時間までそこで過ごす、という鍵っ子対策のために作られた制度で、校区の子供なら誰でも申し込むことができた。めぐるにとっては、仲よくなった友達が二人利用していたので、おじいちゃんのところに行くよりも学童保育の方が楽しい居場所だった。

その日めぐるは下校中で、友達と一緒に公民館に向かっていたところだった。すると、背後からエンジン音が近づいて来て、振り返ると、クーラーボックスや釣り竿《ざお》などを積んだスクーターに乗ったおじいちゃんがすぐ後ろで停まった。おじいちゃんは、友達に「こんにちは」と笑いかけてから、今から釣りに行くこと、知り合いからボートを借りることになったから少し沖で大物を狙うつもりだということなどを話し、その際に、今日はいかに縁起がいいかという話も聞かされたのだった。おじいちゃんは釣りが趣味で、岸壁での釣りにだったら、何度か連れて行ってもらった覚えがある。メバルやアジがよく釣れて、めぐるはその釣果《ちょうか》を分けてもらって持ち帰り、母親から「さばくの、面倒なのよね」と嫌な顔をされたものだった。でも、メバルの煮付けは美味《おい》しくて、兄も大好物だった。

そのときが、おじいちゃんと会って話をした最後だった。

沖合の一部海域で突風が吹き、波が荒れた、とのことだった。その日、おじいちゃんは帰宅せず、捜索しても見つからなかったが、翌日にひっくり返ったボートが発見され、状況から考えて、生きている可能性はないと結論づけられた。

あの日、おじいちゃんは、生きるか死ぬかの分かれ道に立っていたことになる。めぐるがもし、何かの気まぐれを起こして、久しぶりに自転車屋に行きたいと言っていたら、おじいちゃんは釣りに行くのを中止したかもしれない。あるいは、一緒に釣りに行きたいと言っていたら、おじいちゃんはボートに乗るのをやめて、岸壁での釣りに切り替えて、無事に帰宅できたかもしれない。めぐるは今までに何度も、そんなことを繰り返し考えてきた。

我に返ったのは、空がごろごろ鳴っていることに気づいてだった。

見上げると、いつの間にか、分厚い黒い雲が上空に広がっていた。ときおり、その雲の薄いところが光っている。

めぐるは「うそーっ」と叫んでブレーキをかけた。

ついさっきまで、あんなに天気がよかったのに。

天気予報を確認しておくべきだった。

などと後悔する間も与えないかのように、ぽつぽつと水滴が顔にかかり始めた。

あわてて周囲を見回した。ここは片道一車線の国道沿いの歩道。周辺にはあまり高くないビルが多い。

雨は、またたく間に強くなり、雨宿りの場所を選ぶ暇さえなく、目の前にあった雑居ビルらしき建物の陰に入って、自転車から降りた。

遠くに、同じように建物の下に駆け込むサラリーマン風の男性数人の姿があった。

豪雨とまではいかないが、決して弱い雨でもなかった。傘がないことにはとても進めない。南早浦駅まであと……三百メートルぐらいだろうか。

「あーっ、どうしよう」

めぐるは上空を見上げて、ため息をついた。

折りたたみ傘ぐらい、ショルダーバッグに入れておくべきだった。

もうすぐやむだろうか。雨雲は分厚くて、何だか居座りそうな気配もあった。

「ただの通り雨。すぐにどっか行くって」と声に出してみたが、かえって雨雲がそれを聞いて意地悪をしそうな気がしてきて、「お願い、もっと向こうの方に行って。いろんなところに雨を降らせた方が楽しいよ」と言ってみた。

思いが通じたわけでもないのだろうが、雨雲を見ていると、ゆっくり動いていることが判った。ゆっくりといっても、実際は結構な速さで流れているのだろう。

しばらく様子を見ることにした。時間はまだある。

もしかして、朝起きたときから妙な違和感が漂っていたのは、胸騒ぎというやつだったのだろうか。おじいちゃんが、この天気のことを教えようとしてくれたのだろうか。

おじいちゃんが海に出た日も、縁起のよさそうな小さな出来事がいくつかあったらしい。小さな幸運をそうやって無駄遣いした結果、その後でどかんと、不幸がやって来ることがある、という教訓だったのだろうか。

「おじいちゃん、雨が降るのなら、そう教えてよ。判るわけないよ」

いや、小さな幸運の無駄遣いなんてしていない。今までの人生、大きな怪我や病気はなかったから、あまり贅沢《ぜいたく》を言ったらばちが当たるかもしれないけれど、幸運だったとも思えない。

小学校高学年のときに、バレーボールクラブに入った。仲のいい友達に誘われてだったが、その友達はレギュラー選手として活躍し、めぐるは補欠だった。たまに試合に出してもらえても、アタックなんか打てないし、レシーブも失敗してばかりで、後で他の子から「誰かさんのせいで負けたっぽいよねー」と言われた。めぐるをバレーボールクラブに誘った友達の態度もだんだん冷たくなり、一緒に下校しようとしても避けられるようになった。そのことで悩んで、母親に相談したら、「あんたが下手くそなのが悪いんでしょう。悔しかったら練習して上手になりなさいよ」と突き放された。

自分に原因があることはもちろん判っていた。でも練習をしても無理だろうと思った。もともと運動神経が悪いのだから、バレーボールクラブに入ろうと誘われたときに、断るべきだったのだ。

中学では何の部活にも入らなかったが、教師から「部活に入らないのなら生徒会の仕事をしてもらう」と言われて、めぐるの希望も聞かずに放送委員をやらされた。学校行事の伝達などを、鼻声で棒読みするのを、男子から真似《まね》されて、ちくのうというあだ名をつけられた。三年間を通じて仲のいい友達はできたが、高校進学と共に疎遠になった。

高校は、地元では一応進学校とされている県立高校に入ることができ、一年生のときに同じクラスになった男子から告白されて、何度か映画や遊園地に行ったが、半年しないうちに、他に好きな子ができたからと告げられて終わった。その少し前に、お前って、時間の流れ方が何か遅いよね、と言われたことを覚えている。仲がよかった女の子にその話をすると、動きもしゃべりもテンポが遅いという意味じゃないか、とのことだった。

早浦市内にあった県立大学に進み、あまり選択肢がなくて何となく法学部を選んだのだが、熱心に勉強する気になれず、このまま取り柄もないままでは駄目だと一念発起し、サークルは英会話クラブを選んだ。そのクラブの先輩から誘われてアカペラグループにも入った。アカペラグループの練習は思いの外《ほか》楽しくて、初めて一所懸命になれそうなものを見つけた気がして、アカペラものの音楽CDを買い集めて真似て歌ってみたりしたが、メンバーの中心にいた二人の先輩の不仲が原因で解散。「あんたはどっちにつくの」みたいなことを言われて態度を迫られ、はっきりさせられないでいるうちに孤立するような感じになって、英会話クラブの方も幽霊会員になってしまった。結局、英会話は身につかず、外国人から英語で道を尋ねられてもしどろもどろ。考えてみれば、別に英会話ができるようになって外国を旅したいとか、外国の友達を作りたいとか、そんなことは思っておらず、何となく英会話なら自分にもマスターできるのではないか、アメリカの子供がみんなできるのだから、という安易な動機しかなかったことが挫折《ざせつ》の原因だったのだろう。

民間企業への就職がかなわず、地方公務員に路線変更したのも、一次試験の内容が、法学部で一応学んだ科目中心でいけそうだったというだけで、どうしても公務員になりたいのかと聞かれれば、黙り込むしかない。

いや、どうしてもなりたい。うん、なりたいんだ。

せめて就職ぐらい、ちゃんとしないと。自分はトロいだけの人間じゃないってことを証明しなければ。

おじいちゃんが生きていたら、どんな言葉をかけてくれるだろうか。

めぐる、焦ることなんてない。人生は長いんだから、他人より速く走ろうとしなくていいんだ。マイペースで走って、景色を楽しめばいいんだよ。

そんなところだな、きっと。

いや、実際にかけてくれた言葉があった。めぐるは記憶をたぐって、そのときの情景を思い出した。確か、幼稚園を卒園する直前に、おじいちゃんと二人でお好み焼き屋さんに入ったのだ。店のおばさんから、将来は何になるのと聞かれて返事が出来ないでいたときに、おじいちゃんがソースを塗る手を止めて、言ってくれたのだ。

どんな仕事でも、どんな人生でも、楽しいこともあれば嫌なこともある。めぐるなら大丈夫、これでよかったんだと思うときがいつか必ず来るから。

まだ小さいときだったし、正確に覚えてるわけじゃないけど、こういう感じの言葉だったはずだ。店のおばさんは、軽い気持ちで聞いただけだったので、戸惑った顔で苦笑いをしていた。

めぐるは腕時計で時間を確かめ、空を見上げた。

雨宿りをして五分ほどが経過。雨はまだやむ気配がない。それどころか、さっきよりも強くなっているような気がする。

目の前を次々と車が通り過ぎる。車は屋根があるからいいな。

と思ったときに、目の前をバスが通り過ぎた。

そうだった、この道路はバスが通ってる。

でも駄目だ。ここはいわゆる旧道にあたり、本数はかなり少ない。通勤時間以外は、一時間にせいぜい一本か二本。さっきのを逃したら、当分ないだろう。しかもバス停は……駅の方向に走った方が近いのか、来た道を戻った方がいいのか。

いや、来た道を戻っている途中で次のバスに出くわしたら、もうそれには乗れないということだ。だから、駅の方に向かって走らなければ。でも、それだったら駅までそのまま突っ走った方がいいのではないか。途中にバス停はあったとは思うが、屋根がないだろうし、待っている間に余計に濡れることになる。それに、次のバスは多分、すぐには来ない。

あ、タクシーに乗ればいいんだ。

何でこんな簡単なことにすぐ気づかなかったのか。馬鹿。

めぐるはあわててショルダーバッグの中に片手を突っ込んだが、すぐに「あー、ないんだー」と漏らした。

二次試験の会場には、携帯電話の持ち込みが禁止だから、置いて来たのだ。持ち込み禁止という言葉を厳格に解釈しないで、電源を切るだけにして、バッグに入れておけばよかった。

めぐるは振り返って、雨宿りをしているビルが、去年倒産した地元の建設会社のビルだと気づいた。出入り口にはシャッターが下りていて、前は貼り紙があったらしく、粘着テープと紙の一部だけが残っている。

両隣は……左側はアウトドア用品の店だけれど、まだ営業時間ではないようで、やはりシャッターが下りている。右側は歯科医院の看板があるが、こちらも診察は九時半からと書いてある。

おじいちゃんのことを思い出してるときではなかった。こんなときに何をやってるんだか。

今すぐ、どうするかを決めないと。

めぐるは、三つの選択肢があると思った。

その一。駅まで走る。この雨で自転車は危険だし、ずぶ濡れになるからここに置いて行く。建物づたいに雨をできるだけ避けるようにして進めば、濡れ具合も少しはましになるし、確実に駅にたどり着くことができる。途中でバス停の時刻を確認してもいい。

その二。もう少しここで様子を見る。あと五分ここで待って、それでも雨がやむ様子がなかったら、駅まで走るか、何とかしてタクシーに乗るかする。待っている間に流しのタクシーが来たら、ためらわずに手を上げる。タクシーが来なくても、五分以内に最終手段を決めておく。

その三。今すぐにタクシーを探す。近くの建物に飛び込んで電話を借りるか、ここから百メートルほど道を戻ったら確かタクシー会社の営業所があったはずなので、そこまで走るかのどちらかにする。駅まで走るよりは濡れ方も少ない。

そのとき、おじいちゃんもあの日、迷ったんじゃないかと、ふと思った。

ボートに乗ったときに、いつもと違って風が強そうだとか、波が高くなりそうな予感がして、ふと迷ったんじゃないか。

その一、それでもボートを出す。その二、しばらく様子を見る。その三、ボートに乗るのをやめる。

結局、おじいちゃんは海に出た。

おじいちゃん、どうすればいい？
自分のことは自分で決めないとな。
おじいちゃんの笑顔が浮かんだ。
雨はやむ気配がなく、アスファルトの上で水しぶきがはねていた。

第一幕　走った女

目的の喫茶店〔おおしま〕は、シャッターがほとんど下りている旧商店街の隅にあった。アーケードは数年前に撤去されて、今は車も通行していいことになっている。

店の前で軽自動車を停め、宮内優奈《みやうちゆうな》が「係長。車停められないみたいですね。駐車禁止マークがある」と、標識を指さした。

「こんな交通量の少ないところ、停めたって誰も迷惑しないのにね」めぐるは言いながらシートベルトを外した。「じゃあ、悪いけど、近くで待機するか、その辺を流すかして、十五分後に戻って来てもらえる？」

「判《わか》りました。十五分後に戻ったときに係長が店の前にいなかったら、どうしましょうか」

「またしばらく流しといて。後で携帯に連絡するから」

「はーい」

ドアを閉めるとき、宮内優奈は、妙な感じの笑みを見せた。彼女は先日、この店に電話をかけて、早浦市文化記念館建設実行委員会について説明を始めたところ、さんざん悪態をつかれて一方的に切られてしまったというので、入店せずに済んで、ほっとしているのだろう。

やれやれ。一人で行かなきゃいけないのか。宮内優奈は今年採用されたばかりの新人で、正直なところ、いてもいなくても似たようなものだが、交渉相手が怒っているような場合に、一人というのはちょっと心細い。

早浦市役所の名称が入った軽自動車が走り去るのを見送り、めぐるは店を眺めた。レンガ風のタイルはところどころ欠けており、汚れが目立つ小さなショウウインドウの中に、ホットコーヒーなど飲み物の他、オムライスやナポリタンのレプリカが置いてある。馴染《なじ》み客で持っている、かなり古いタイプの喫茶店のようだ。小さな窓から中の様子を窺《うかが》うと、まだ午前十時過ぎだからか、客はいないようだった。

木製のドアを押し開けると、予想どおり、カウベルが鳴った。

狭い店内には誰もいなかったが、奥から頭にバンダナを巻いた、いかにも気が強そうな感じの目つきをした女性がカウンターの中に出て来て、一瞬品定めをするようにめぐるを見て、「いらっしゃいませ」と作ったような笑顔になった。年はめぐると同じく三十代半ばぐらいかなと思ったが、もう少し上かもしれない。

「おはようございます。大島早知枝《おおしまさちえ》さんでいらっしゃいますか」

「そうですけど」

大島早知枝の顔が早くも怪訝《けげん》そうな感じになった。初対面なのに名前を知られていることだけでなく、この鼻声でテンポの遅いしゃべり方をする、野暮ったいグレーのスカートにジャケットの女は何だ、という思いが表情に出ているような気がした。

「私、早浦市役所の、早浦市文化記念館建設準備室の魚貫と申します。お仕事中に申し訳ございません」

ブリーフケースをわきにはさんで、両手で名刺を差し出そうとしたが、はさみ方が弱かったようで、ブリーフケースが落ちてしまった。

すぐに拾い上げるべきかどうか迷い、結局、先に名刺を渡すことにした。

大島早知枝は、すこしあきれるような表情で受け取ったが、名刺をろくに見ないでカウンターに置き、片手をついて「用件は」と言った。劇団をやっているせいか、その仕草がどこか演技がかっているように感じた。

「はい。先日うちの者が電話で少しお話ししたと存じますが」と言いながらブリーフケースを拾い、資料を出してカウンターに差し出した。「早浦市では、文化記念館という施設を新たに建てて、市内のさまざまな文化団体が活躍できる場を提供させていただこうと計画しているところでございますが、単にハコを作ってどうぞ、というのではなく、えーと」あちゃちゃ、またど忘れしちゃった。めぐるは咳《せき》をするふりをして、少し時間をかせいだ。

「失礼しました。えー、実際に利用することになるであろう関係者の方々によって実行委員会を組織し、前もってさまざまな意見を出し合っていただいて、それを記念館建設に反映したいと考えております。劇団〔天空の迷路〕を主宰しておられる大島さんにも是非、実行委員会にご参加いただきたく、お願いに伺った次第でございます。

まずは資料をご覧いただきまして……」

「電話でこの前、そういう話は聞いたんだけど」大島早知枝は遮《さえぎ》るように言い、首の後ろを片手でかいた。「私がただの委員で、四ッ山《よやま》はそれより格上の常任委員なんだって？」

四ッ山武郎《たけお》は劇団〔流浪社〕を主宰しているが、地方テレビでコメンテーターやレポーターなどのタレント活動をしており、地元の有名人ともいえる人物である。劇団員も多い。問題は、大島早知枝と四ッ山武郎が犬猿の仲らしいということだ。宮内優奈が電話で説明しようとして切られた後、ネット上で得た情報である。

〔流浪社〕自体も、大島早知枝の〔天空の迷路〕よりも古くから活動しており、劇団
「常任委員と委員とは決して優劣をつけるものではございませんでして……」

あれ、変な言い方になっちゃった、と焦っていると、大島早知枝が「電話かけてきた女の職員は、私も常任委員にしてくれって言ったら、ヒラの委員でお願いしますって言ったわよ。人にものを頼むときに使う表現かしらね」と、ことさらに早口で言った。あんたのテンポは苛々《いらいら》するんだよ、と言われたような気分になる。

宮内優奈からの報告では、そういう話は聞いていない。だが、ときどきすっとぼけたことを口走るところがある子だから、ありそうなことだった。職場の飲み会をしていても勝手にいなくなって、翌朝聞いてみたら「頭痛がひどかったので帰らせてもら

いました」とうそ丸出しの言い訳をしたりする。

「職員がもしそのような言い方をしたのであれば、申し訳ございません」めぐるはできるだけ深く頭を下げた。「実際には、常任委員も委員の一人に過ぎず、総会で議決をするときも同じ一票ですから、優劣というのは本当にないんです」

「じゃあ、何で常任委員という肩書きを作るわけ？」

「委員の方々は、それぞれの団体を代表してのご意見をいただきますが、常任委員は一応、記念館の運営全体について考え、意見を頂戴する、ということになっておりますす。ですから、劇団関係のことだけでなく、踊り、音楽、演芸など他分野のことも考えて総合的な判断をしなければならないわけでして、委員に較べるとむしろ、所属団体の利益を主張しにくいことになるわけでして」

「あー、そうなんだ」大島早知枝が小さくうなずいた。「電話ではそういうこと聞かなかったから、何か、やな感じって思ったんだけど」

「説明が足りず、申し訳ございません。文化記念館建設実行委員会の事業内容などについては、こちらの資料をご覧いただければと思いますので、是非ご検討いただきますよう、お願い申し上げます」

めぐるは再度、深く頭を下げた。

「はーい、判りました」

「早浦市の演劇を盛り上げるためにも、何とぞお願い致します」

「はいはい。委員になっとかないと、その文化記念館てのができたときに使わせてもらえないかもしれないしね。四ッ山が勝手に仕切ったりしないよう、見張っとく必要もあるし」

　あんたも一緒にうなずきなさいよ、という感じで見つめられて、めぐるは作り笑いを返した。

「で、ハコができるのって、いつ頃なの」

「一応、二年後にと計画しております」

「なーんだ、まだまだ先なんだ」

「ええ。ですが、実行委員会設立や建設着工時などの節目節目に、市民会館や美術館ホールなどでのプレイベントを計画しております。劇団〔天空の迷路〕さんにも、是非お願いしたいと思います」

「そういうときって、お客さんからおカネ取れないの？　もしかして」

「はい、入場無料にして、できるだけたくさんの方々にご覧いただくという基本方針がございますので。ですが、実行委員会の予算から運営委託費などの名目で、チケットを販売した場合と同じ程度の謝金をお支払い致しますし、会場の使用料も無料となります」

「あら、助かるわね、それ」大島早知枝は軽く手を叩《たた》き、思い出したように、カウンターに置いたままになっていた名刺を見た。「ええと、魚貫さん？　ちょっとコーヒーでも飲んで帰ってよ。おカネは要《い》らないから」

店の外に出て、軽自動車が見当たらなかったので携帯で宮内優奈に連絡を取ったところ、三分ほど待たされた。

助手席に乗り込み、発進してから宮内優奈が「どうでした？　怒鳴られたりしませんでした？」と聞いてきた。

「大丈夫。あちらさんだって、文化記念館ができたら使いたいわけだから」めぐるはそう前置きしてから、「ところで、あなた、大島さんに電話したとき、委員のことをヒラの委員と言ったの？」

宮内優奈の横顔が、あ、という感じになった。

「いえ、言ってませんよ、そんなこと」

「大島さんは、そういう表現にカチンときて、話を聞く気がなくなった、みたいなことを言ってるんだけど」

「えーっ、それは、あれじゃないですか。大島さんの方が記憶違いをしてるっていう」

「じゃあ、常任委員と委員の違いについて聞かれて、どういう説明をしたの」

「どういうって……」宮内優奈はウインカーを出して左折しようとしたが、自転車が横切ろうとしたので急停止した。めぐるも前のめりになり、シートベルトが胸を圧迫した。

「常任委員は実行委員会全体のことを考える、委員はそれぞれの団体を代表して意見を言う、でしたっけ」

「そういう説明をしたのね」

車を左折させてから、宮内優奈は「はい」と、作ったような笑顔を向けた。かわいい顔をしていて、若い男性職員からも人気があるようだが、よく見ると化粧が濃いし、どうもこういう仕草に小ずるさを感じる。仕事中にうつらうつらしたりすることもあり、頼りない子だな、とも思う。男性職員からすると、そういうところをかわいく感じるのかもしれないが。

横目で彼女の服装を盗み見た。白地に黒い水玉模様のスカート、フリルがついたブラウス、ベージュのカーディガン。配属されてきた頃はパンツスーツだったのだが、いつの間にかこんな格好が多くなった。あまり華美にならないよう、そろそろ注意した方がいいような気がするのだが、「地味なグレーのスーツばっかり着ているおばさんから服装について説教された」と陰口を言われそうで、どうもためらってしまう。

「係長。西原《にしはら》課長とか、井手《いで》係長とか、ずるしてると思いませんか」

「何が」

「だって、私たちが就任依頼して回ってるところって、何かクセ者が多いじゃないですか。昨日行った踊りの何とか流のお師匠さんだって、よその流派の名前を出して、うちの方が大所帯で実績もあるのに、同じ委員というのは納得できない、とか言い出して、うちは委員を二人にしろ、なんて言うし」

踊りの桜山《おうざん》流のことだった。代表者は七十を越えたおばあさんだったが、エネルギッシュな感じで、紫色の服を着てサングラスをかけていた。踊りの師匠というのはおカネになるのか、それとももともと資産家なのか、訪問した家は大きな屋敷だった。

「就任依頼の分担は、ランダムに振り分けたから、たまたまよ。でも、あのおばあさんには参ったわね」

「あのとき係長、私がそれは無理ですって言いかけたら止めて、持ち帰って上司と相談してみますって言ったでしょう。持ち帰っても無理なものは無理なんじゃないですか。あの踊りの団体だけ委員が二人なんて」

「桜山流は会員だけでも千人以上いる大所帯で、例えば市議会議員の奥さんとか、そういう人たちがメンバーになってたりするわけ。だから、扱いは慎重にした方がいいのよ。市長にとっても、大所帯の組織というのは大切な票田だから。扱いを誤ると、どこのどいつがヘマをしたって偉い人から怒られることになるんだから」

おそらく、部長級以上の幹部が後日説得しに行くだろう。桜山流の発表会の会場確保などに便宜を図るようにしますから、などの手土産持参で。

「面倒くさいですね、市役所の仕事って」

「それぐらいのことを面倒がってどうすんのよ」

「私、係長みたいに上がって行こうとは思ってませんから」宮内優奈は口をとがらせるようにして言った。「係長試験とか受ける気も全然ないし、ヒラでも何かしんどいし、三十になっても職員やってるかどうか判んないって自分で思ってるぐらいですから」

あ、ヒラって言葉使った。やっぱり大島早知枝に対しても使ったんじゃないのか。めぐるは睨《にら》むようにしてじっと見たが、宮内優奈は前を向いたままだった。見られていることに気づいているのに、わざとそうしているように思えた。

次に訪ねたのは、早浦市マジシャン連盟の会長、高浜久光《たかはまひさみつ》が経営するスポーツ用品店だった。早浦市の中心街から十キロほど離れた田畑が多い地区の中に、自宅兼用と思われる、こぢんまりした二階建ての四角い建物があった。

駐車スペースは空だったので、軽自動車をその隅に停めた。

「ここも面倒そうですよね」と宮内優奈が車内から店の様子を窺いながら言った。「就任しないって方に印をつけて承諾書送り返して来た人ですからね。今日はこんなとこばっか。やっぱり、分担の振り分け方に問題あるんじゃないですか」

「文句ばっかり言わない」めぐるはシートベルトを外した。「ほら、行くよ」

車を降りて、先に立って出入り口の前に立った。宮内優奈は基本的に何もしゃべらないで後ろに立っているだけの役目だが、一人だけで臨むよりは心強い。

「あ、係長」と宮内優奈が出入り口ドアの上に貼ってあるステッカーのようなものを指さした。「早浦市民の会連絡事務所だって。市役所のやることを監視して、いちいちクレームつけてくる団体じゃないですか」

「しっ」とめぐるは制した。「声に出して言わないの」

これは駄目かもしれないなと思った。しかし、会わないで帰るわけにはいかない。少なくとも、直接出向いてあらためて事業について説明をした、というアリバイだけは作っておかなければ。

昨日、今日と、くせ者ばっかり。めぐるは高いところから飛び下りる気分で、ガラス戸を押した。

店内にはかなり年輩の女性がいた。めぐるが名刺を差し出して用件を伝えると、彼女は「ああ、息子ですか」とうなずいて奥に引っ込み、しばらくして、バーコード頭で小太りの男性が出て来た。白いノーネクタイのワイシャツに紺のスラックス。見るからに面白くなさそうな表情で、さきほど渡した名刺とめぐるとを見比べながら、近づいて来た。

「何とか記念館の委員、でしたっけ？　それについては、就任しないという返事を出したはずですがね」

「はい、確かにそのご返事はいただきました。ただ、我々と致しましては、マジックというすばらしいエンタテインメントに取り組んでおられる高浜様には、是非ご参加いただきたいと考えておりまして、ご再考いただけないものかと……」

「早浦市の財政はここ十年、税収も落ち込んでるし、無駄遣いをしないで立て直さなきゃいけないんでしょう。市長だって市議会でそういう答弁してるよ」

「はあ」

「はあ、じゃない」高浜久光は腕組みをした。「だから私は、新たにハコを作ることには賛成しかねる。その意思表示として、委員にも就任しませんという回答をしたんだ。早浦市には、市民会館も、美術館ホールもあるし、いくつかの市立体育館もある。公民館だって大型のがいくつかある。そういう既存の施設を利用すればいいのに、お役人ときたら、すぐに新しいハコを作ろうとする。自分たちのカネじゃないから、平気でそういうことをやるんだ。建設業界とつるんで、最初にハコありきで、後でこれは必要なんだっていう理由をくっつけてるんだろ」

だよねー、と心の中でつぶやいた。何でこんなセクションに配属されてしまったのかと、自分の立場を呪いたくなる。

「確かにそのようなご意見を承ることはございますが、文化記念館のような施設が欲しいという声も、たくさんいただいております。例えば、市民会館ホールであれば、バレエ、日本舞踊、合唱、吹奏楽などの団体がしばしば利用していますが、春や秋に催しが集中することが多くて、結果的に半年以上前から予約していないと使えない、ということがままありまして」

「だから何」

めぐるの話すテンポが遅いせいか、高浜久光は苛立ったような感じで口をはさんだ。

「はい、そういうわけでございますので、日本舞踊の各流派、バレエの団体、劇団などから、集められた署名を添える形で陳情書をいただいております」

「仮にそういう要望があったからといって、ほいほいとまたハコを作っていては、財政が破綻するだろう。私はそのことを言ってるんだ。税金の使い道は他にもあるし、もっと優先的に考えなきゃならんことがあるんじゃないのか。市立図書館なんか、いまだに車椅子用のスロープがついてない。先にそういうことをやってからだと思うがね」

「ええと、図書館のスロープは今年度の予算に組まれています」

「それは一例だ。探せば他にもいろいろある」

「高浜様。文化記念館を拠点にして、演劇、踊り、音楽などの活動がこれまでよりもさらに盛んになれば、団体同士が競い合って内容も向上してゆきますし、やがては市外からも観客を集めるようになれると思います。そうなれば飲食店や宿泊施設の利用も増えますし、さまざまな形で早浦市におカネが落ちるようになり、税収として戻って来ます。ですから決して税金の無駄遣いにはならないと考えております」

「いつもそう言うんだよ、役人は。ところが実際にふたを開けてみると、経済効果なんて全然なくて、そんなこと言いましたっけ、みたいな態度。いつだってそうだろ」

ですよねー。

「だからこそ、文化記念館をただのハコに終わらせないために、各団体の方々に準備段階からかかわっていただいて意見を集約しようとしているところでございますする」

あ、また変な言い回しになっちゃった。

背後で、くすっと笑いをかみ殺す声が聞こえた。宮内優奈、あんたが笑ってどうすんのよ。

しかし、そのお陰で高浜久光も苦笑している。結果オーライか。

「えーと、ですから」とめぐるは続けた。「それぞれの分野の要望を事前にちゃんと聞いておけば、観客席の数、舞台の大きさや機能、駐車場の広さなどについて、後になって不都合が出るようなこともないでしょうし、何より、行政が勝手に作った施設ではなく、自分たちの施設なんだという意識を持っていただけると思うのです」

「判った、判った」高浜久光は、苦笑顔のまま、うなずいた。「あんたの舌っ足らずなしゃべり方を聞かされてると、何だか調子が狂ってくるよ。実を言うと私は、早浦市民の会という団体にも参加していてね、そういうハコものに税金を投入するというのは基本的に反対の立場なんだ。しかし、マジシャン連盟の代表者としては、活動の場が広がるのはありがたいことも確かだ。日曜日の市長選は、現市長が三期目の当選だろうから、文化記念館建設の計画は着々と進むんだろう、どうせ」

「はあ……」

「早浦市民の会に相談した上で、また返事をさせてもらうよ。あんたがさっき言ったような説明をすれば、マジシャン連盟の代表という立場としては実行委員会に加わらないわけにはいかない、ということで判ってもらえるだろう。早浦市民の会自体も、本当のところは必ずしも建設絶対反対というスタンスではないんだ。中にはそういう主張をする人もいるけど、予定されている建設費は高すぎる、もっと低予算でやれと要求してゆく方針で固まってきたからね」

「あ、そうですか」

「あ、でもそのことはオフレコね。まだ正式には態度表明してないことだから」

めぐるが「はい、承知しました」とうなずいた直後、背後で物音と気配があった。

宮内優奈が倒れたのだとすぐに判った。

「えっ、何？」と高浜久光がびっくりしている。

振り返ると、宮内優奈が青白い顔で、床の上にへたり込んでいた。幸い、派手に倒れて頭を打ったりはしていないようだった。

「多分、ただの貧血だと思います。驚かせて申し訳ありません。この子、ときどき貧血で倒れることがあるものでして」

めぐるはかがみ込んで、宮内優奈を引き起こしにかかった。


宮内優奈はやはりただの貧血で、車の後部席に乗せてやると彼女は「すいませーん」と力なく言って横になり、「あのー、窓開けてもらえますか」と言った。

運転席に座ってエンジンをかけためぐるは、ボタンを押してすべての窓を全開にし、心配そうに見送る高浜久光に一礼して、車を出した。

「宮内さん、朝ご飯食べたの？」

「私、朝食べられないんです」

「でも、そうだからしょっちょう貧血起こすんじゃないの？　バナナ一本とか、ゼリー飲料とかでもいいから、何か身体に入れておかないと」

「はーい」

「鉄分とかも摂《と》らないとね」

「私、レバーとかひじきとかも苦手なんです」

「だったらサプリメントを利用すればいいじゃない。最近は、錠剤のだけじゃなくて、パイやサブレみたいなお菓子っぽいのがあるし」

「あー、そうですね。係長、午後半休お願いしていいですか」

「そうね、また倒れられても困るし、そうする？」

「すみませーん」

ダッシュボードの時計を見ると、午前十一時を過ぎていた。

「いったん市庁舎に戻って、申請書を出すわよね」

「えーっ。戻るんですかぁ。ちょっと頭がふらふらするんですけど」

「荷物は」

「大事なものは持って来てるので、大丈夫です」

全く、この子は。

「判った。じゃあ、課長には私から言っとくから。どこで降ろせばいいの」

「えーと……中央団地前のバス停辺りにお願いできますか。そこからは自力で帰りますから」

　もしかして、バスに乗ってどこかに出かける気？　頭がふらふらすると今さっき言ったくせに。めぐるはミラー越しに睨んだが、宮内優奈は後部席で横になったままで、顔が見えなかった。

「宮内さん、気分が悪くなったら、事前に知らせてもらいたいんだけど」

「はーい。でも、そのときはもう、何ていうか、景色が白黒になっちゃって、高いところから落ちてるみたいで、それどころじゃなくて」

「そうなるもう少し前に判るんじゃないの？」

「そのときは、まだ大丈夫だって思うから」

「だからそう思わないで。途中で黙って退席してもいいから、とにかくああいうのは勘弁してもらえないかな。一歩間違えば大事故になることもあるんだから」

「それは大丈夫ですよ。いつも私、へなへなって崩れるように倒れるだけで、どかっとひっくり返るわけじゃないですから」

「大丈夫って、あなた。路上だったりしたら、車やバイクにはねられることだってあるのよ。あなたが大怪我するだけじゃなくて、私も責任を問われるでしょうに」

「気をつけまーす」

「さっきの高浜さんとの話は聞こえてたの？」

「はい、だいたいは。係長が侍みたいな言い回しをして、笑いをこらえてたときは大丈夫だったんですけど、日曜日の市長選はどうせ現市長が三選を果たすから、文化記念館建設の計画は進むんでしょ、みたいなことを高浜さんが言ってるときに、急に景色が白黒になってきちゃって」

日曜日の市長選には、現市長を含めて三人が立候補しているが、一人は知名度がない学習塾経営者の男性、もう一人は前県議の女性。前県議の方は、早浦市出身でもあり、市長選に出馬するために県議を辞めたというので、そこそこ票を集めはするだろうが、現職は以前から支持層が厚く、負ける要素はないと言われている。

「宮内さんは、選挙事務はやるの？」

投票所での事務や開票作業のことである。給料とは別に割り増しの手当が出る。

「いいえ。声はかかりましたけど、日曜日が潰れるのは嫌なので。係長、やるんですか」

「私は仕事が入る可能性があるから」

「休日も仕事モードですか。すごいですね」

直属の部下があまり戦力にならないのが原因なんだけどねー。めぐるは、それを口にできたら、そこそこはストレスを発散できるのにと思った。

文化記念館建設準備室は、市庁舎六階の小会議室を使っている。職員は部長職の室長以下、今は六人。実行委員会設立総会の日程などが決まる頃に、さらに二人増員されることになっている。

西原課長は電話中だった。話が耳に入り、相手は大手広告代理店の支社か営業所で、文化記念館のプレイベントなどに一枚かませてくれと言われて、断っているらしいと判った。文化記念館がらみのイベントは、地元の代理店を使い、その下請けも地元で、という市長の方針が下りてきている。おそらく選挙対策なのだろうが、表向きは地元代理店が出してきた企画案が最もいいと判断したから、ということになっている。

電話の相手が食い下がっているようで、西原課長は「そんなことはありません。企画案を慎重に検討した結果ですから……いやいや、選考経過などは公表しないことになってますので、お教えするわけには」と、白髪混じりの頭を鉛筆の先でつついている。頭がかゆいのか、ツボ押しなのかは知らないが、あの鉛筆には触りたくない。

電話が終わったところで、外回りの報告と、宮内優奈の半休を伝えたところ、西原課長は「また貧血？」と顔をしかめた。「夜にちゃんと寝てないからじゃないのか。仕事中にあくびをするのを見かけることもあるし」

「睡眠時間もですが、栄養摂取などに気を配るようにとは言っておきました」

「健康診断とかは、どうだったっけ」

西原課長は、周囲に聞こえないよう、声を低くした。

「診断結果自体は問題なかったはずです」

「じゃあやっぱり日常生活に問題ありってことか」

「そのようですね。一度、彼女と話をしてみましょうか。飲みにでも誘って」

宮内優奈は同年代の職員ともあまり飲んだりしないらしい。仕事とは別の交友関係を優先している、ということかもしれないし、男がいるのかもしれない。プライベートな部分に口出しすべきではないと思うのだが、仕事中に貧血で倒れることと私生活が関係あるのだとすれば、上司として放置するわけにもいかない。

「そのことなんだけど」と西原課長は言い、小さく手招きした。もっと近寄れ、ということのようだったが、抵抗を感じたので「は？」と聞き返すと、彼は顔をしかめてもう一度手招きした。めぐるは仕方なく、壁に立てかけてあるパイプ椅子を近くに置いて座ると、安っぽい男性化粧品の匂いがした。飲み会の二次会になると、この上司はやたらと女性職員と密着してデュエットをしたがり、そのときにかがされる匂いだ。

「宮内さんが異動の希望を出してる件だけど」

「えっ。私、そんな話、初耳ですけど」

「うそ」

「知りませんよ。課長はご存じだったわけですか」

「あれ」西原課長は首をひねった。「言ってなかったっけ……悪い、悪い」

そういう重要なことを何で係長の自分にちゃんと伝えておいてくれないかな、この人は。めぐるは、不快そうな顔を作ったついでに、パイプ椅子をずらして西原課長から少し距離を空けた。

「五月に彼女がここに配属されたときだよ」と西原課長は続けた。「所属長として面談して、事業の進行中に結婚退職などをされると困るので、その辺のことを聞いてみたんだ」

「えっ、じゃあ半年も前じゃないですか」

「うん、そうだね。でも魚貫さんに言ってなかったかなあ」

言った、言わないの水掛け論のような形にして、済ませる気らしい。めぐるは戦意喪失して、「で、面談で彼女は何と言ったんですか」と尋ねた。

「結婚の予定はないけど、できたら一年以内に異動させて欲しいって。仕事が忙しくなってから異動したら職場に迷惑がかかるかもしれないし、逃げたと思われるから、早めにお願いしますってさ」

文化記念館の事業は、来年度から事務量が増えてゆき、実行委員会の設立総会やプレイベントの直前は残業続きになることが予想される。そういうときになって退職者が出ると他の職員の負担が増す。めぐる自身も、ここへの異動の内示が出る前に、非公式に結婚退職の可能性について聞かれ、結婚の予定も退職の予定もないと答えている。少々問題のある事前確認だが、実際問題として、そういう念押しをしておかないと、事務に支障が出るのだから仕方がない。

「宮内さんが異動を希望してる理由は何ですか」

「最近は研修中に配属先の希望が出せるそうで、彼女は具体的にどことは書かなかったが、残業が少ないことと、クレーム処理は自信がないのでそういう仕事があるところは希望しない、という注文をつけてたそうだ」

「異動希望はあくまで希望で、そんなのが百パーセント通るわけないじゃないですか。私なんか十二年役所勤めをしていて、一度も希望どおりに異動させてもらったことなんてありませんよ」

「まあまあ」西原課長はなだめるように片手を少し上げた。「問題は、宮内さんの母親が市職員組合女性部のあの宮内さんで、人事部にも顔が利くってことだ」

「えっ」今日は初耳のことだらけだ。「あの子、あの宮内さんの娘だったんですか」

「そうなんだってさ。それで、人事部からも電話がかかってきて、当人と話し合ってくれと言われたよ。まあ、一応は準備室の事業が一段落するまで我慢して働くように説得してくれってことだったんだけど、後でトラブルが起きる可能性があるのなら、早めに異動させちゃえってことだろう」

「母親のコネを使ってまで異動しようとするなんて……」

しかもその母親は、組合活動は熱心らしいが、市民に対して横柄な態度を取るところがあり、窓口で市民を怒らせた、などの騒動を過去に何度か起こしたとかで、ここ十年ぐらいは市民と接触しなくていい仕事ばかりを転々としていると聞いている。

「まあ、確かに感心はせんし、俺もあのおばちゃんがどういう人か知ってるよ。しかし、役所の人事というのは実際にはそういう介入だらけで、珍しいことじゃない。まあ、こっちとしては、人事がそう言ってきたわけだからそれでいいんじゃないのってこと。あの子、はっきり言ってたいして戦力になってないから」

西原課長は最後の言葉だけ、かなり小さな声で言った。

「はあ……」

そういう新人を育ててゆくのが管理職の仕事じゃないんですか。

「それで、さっき魚貫さんの方から申し出てくれたから、それに便乗するわけじゃないんだけど、宮内さんと話し合ってみてもらえるかな。女性同士の方が話しやすいだろうし」

「別にそれは構いませんが、断られるかもしれませんよ」

「あら、仲悪かったの？」西原課長は急におどけた顔になった。

「いえ、そういうことではなくて、あの子、飲み会とかも一次会の途中でいつも消えるぐらいだし、職場の人間とはあまり深くつき合う気がないようなので」

「あ、そう……じゃあ、まあ、駄目だったら私が公務中に話すってことで、一応やるだけやってみてよ」

「はい、判りました」

やるだけやってみてよ、というのは西原課長の口癖である。実際には、ちゃんとやれよ、という意味で使っている節がある。

めぐるが立ち上がってパイプ椅子をたたんで壁に戻したが、立てかけ方が悪くて、パイプ椅子が滑って倒れ、派手な音を立てた。職員たちからいっせいに見られ、めぐるは「すみません」と言って、立てかけ直した。

西原課長が「魚貫さん」と言ったので見ると、彼は一枚の名刺を突き出していた。スナックのママの名刺のようだった。店名にもママの名前にも記憶がないので戸惑っていると、西原課長が「俺のボトルがあるから、飲んでもいいよ」と言い、どうだという感じの笑い方をした。

太っ腹な上司、という絵を描いたつもりなのだろうか。ボトルキープされている酒を飲んでも、そこそこの代金は請求されるし、それを払うのはこっちだというのに。そんな配慮は要らないっての。

部下から慕われている上司だという印象をママさんに与えたい。そんなところだろう。

「あー、それはどうも」

めぐるは愛想笑いと共に名刺を受け取った。

誰が行くかよ、上司の行きつけの店なんかに。


昼休みは、いつものように市庁舎地下のセルフサービス食堂に行った。以前は弁当を作っていた時期もあるのだが、男の上司たちから弁当を覗《のぞ》かれて「旨そうだねえ、俺にも作って欲しいな」とか「いつでもお嫁さんになれるねえ」などとセクハラまがいの冷やかしを受けるのにうんざりして、三十を越えた頃から作らなくなった。

定食のコーナーは長い列ができていたので、サラダ付きピラフの食券を買い、そちらのコーナーに並んだ。待っている間にテーブル席を見回すと、奥の方で同期の平山《ひらやま》美緒《みお》が手を振っていることに気づいたので、振り返した。彼女とは同じ職場になったこともなく、以前はさほど親しくもなかったのだが、去年、係長昇任試験に一緒に受かったことや、互いに独身であることなどなどから、最近はときどき飲みに行く仲になった。

親子丼を食べている途中だった平山美緒の向かいにトレーを置いて座り、互いに「お疲れー」と交わした。

「今日はどうしたの?」と聞くと、平山美緒は「教育総務とちょっと打ち合わせ。午後も少しあって、それから帰る」と言った。彼女は今年の四月から市立図書館に異動しているので、市庁舎で顔を合わせることがあまりなくなった。

「図書館の仕事はどう？」

「何か、トラブルが多くてねー。貸し出してる雑誌を勝手に切り抜く主婦とかがいるじゃない。だから最近は返却受けるときに調べるんだけど、私がやったんじゃないって言い出す人が多くて。実際、その前に借りた人が犯人で、返却時に見落としてた可能性もあるから、こちらとしてもあまり強く出られないんだけど、犯人扱いされたって騒ぎ出す人とかもいるわけよ。しかも最近は、そういう出来事をブログとか掲示板に書き込んで、ネット上に流すケースもあるから」

「あちゃー、だね」

「今日、教育総務で会議やってるのも、そういうトラブルについてのマニュアル作り。職員によって対応が違ったら、ますます騒ぎが拡大することもあるからね。そっちはどう？」

「こっちもときどきトラブってるよ。今、実行委員会の就任依頼に回っているんだけど、常任委員をやらせろとか、カネを使ってハコを作ることに反対だからって就任を拒むとか」めぐるはそう言ってから、一応周囲を見回し、声を小さくした。「おまけに新規採用の子が異動したいって言い出して、コネを使って圧力かけてくるし」

「まじで？」

「悪い子じゃないんだけど、頼りなくてねー。市立図書館で引き取ってもらおうか」

「さっき言ったみたいなトラブルの処理もやってもらうわよ」

「じゃあ無理か」

「て言うか、どの職場でもそれなりに大変なことはあるでしょうに。新採君にはその辺のことがまだ判らないんだよ。ところでさ、明日の金曜、異業種交流の集まりがあるんだけど、よかったら行かない？」

「何それ」

「早浦市活性化協議会の関係者がやってる異業種交流会。立食パーティーだけど、食べ物とか飲み物は割といいらしいよ。お酒もいろいろあるって」

「異業種交流会って何かなつかしい響き。まだそういうの、やってるんだ」

　確か、めぐるが市役所に入った頃に、市が音頭を取ってそういう催しを始めたはずだ。当初は盛況だったらしいが、その後ずっと続いている不景気のせいで参加を取りやめる企業が続出し、最近では市役所の指定業者になりたがっている小規模な会社の集まりと化していると聞いている。

「うちの課長が以前、観光協会にいた関係でパーティーチケットを買わされたんだって。本当に行くのなら、二人分くれるって言うんだけど」

「へえ、ただなんだ」

「そ。割と三十代ぐらいの独身男性も来るらしいから、出会いがあるかもよ」

「何それ。そういう情報が決め手になると思ってるわけ？」

「あら、ならないの？」

「なる」

互いに指をさし合って笑った。

「じゃあ、行くってことでいい？　夜八時から、ホテル早浦クラブの二階。行ってみて、しょうもなかったら、抜けてどっかで飲めばいいし」

「残業が食い込むかも」

「少しぐらい遅れてもいいよ」

「判った。じゃあまた携帯に連絡して」

何だか、集団見合いに誘われて食いついてるみたいだな。めぐるは軽い自己嫌悪を覚えたものの、週末の夜に何も予定がなくて一人暮らしのアパートに帰るよりはましでしょと自分に言い聞かせた。

昼食後、文化記念館建設準備室に戻ると、井手係長の机の周りに数人が集まっていた。どうしたんですかと尋ねてみると、井手係長の背後に立っていた西原課長が「市長に女性スキャンダルだって」と言った。

井手係長が携帯電話のワンセグ機能を使って昼のワイドショー番組を見ており、それをみんなが覗き込んでいたところだったらしい。めぐるもその輪に加わった。

今日発売された週刊誌の記事がネタもとだという。それによると、市長は数日前の深夜、自身が運転する車に若い女性を乗せて選挙事務所にほど近いラブホテルに入り、明け方まで二人だけで過ごしたとかで、ホテルのカーテン出入り口から出て来たところを写真に撮られ、ハンドルを握る市長と、目に黒い太線がついた助手席の女性がテレビ画面に映っている。西原課長が「赤外線カメラで撮られて、気づいてないんだよ、きっと」と解説した。

レポーターの話によると、市長には夫人と二人の娘がいるが、相手の女性は選挙スタッフの一人で、市長の次女よりも年下らしいという。テレビの取材はまだ早浦市にまでは来ていないようだが、市長は電話取材に対して「選挙を応援してもらってる人で、男女の関係は一切ありません」「ホテルに入ったのは仮眠を取るためで、心臓に持病があるので念のために付き添ってもらった」「誤解を招く行動だったと思います。ご心配をかけて申し訳なく思います」といった無様なコメントをしていた。それを聞いたコメンテーターたちが次々と、この人は早浦市の恥ですね、だとか、こんな説明で市民が納得すると思っているとすれば完全になめてますね、などと市長を馬鹿にする言葉を繰り出した。

「あーあー、よりによって市長選の直前に」と西原課長が言った。「もしかして選挙、やばくなってきたんじゃないか」

誰もそれに対して返事をしなかった。もし対抗馬のあの女性前県議が当選したら、文化記念館建設の計画に待ったがかかるおそれがある。何しろ、ハコもの作りに対して厳しい批判を繰り返してきた人だ。


午後は一人で就任依頼の外回りをした。宮内優奈がいないので、自分で軽自動車を停める場所を探さなければならなかったが、午後に回った四か所はいずれもトラブルなく承諾書をもらうことができた。どこに行ってもまず話題になったのは市長の女性スキャンダルで、女性票が一気に離れるんじゃないかと言われ、めぐるは、そうかもしれませんね、と他人事のような感じでうなずいておいた。

移動の合間に宮内優奈の携帯にかけたがつながらず、留守電に「魚貫ですけど、その後体調はどうでしょうか。ちょっと聞きたいことがあるので、お電話ください。よろしく」と吹き込んでおいた。

その宮内優奈から連絡があったのは午後四時半頃、市庁舎に戻る途中でだった。めぐるは路肩に停車させて、助手席にあった携帯を取った。

「あ、係長、宮内ですけど、何でしょうか」

「体調は大丈夫？」

「はい、お陰様で。市長が騒ぎ起こしたの知ってます？　びっくりですよね」

「ええ、そうね」

「ネットで調べてみたんですけど、相手の若い女性って、短大生らしいですよ。四十も年下の女性に手を出すなんて、きもいー」

「ところで課長から聞いたんだけど、あなた異動を希望してたそうね」

「あ、はい」宮内優奈の声が急に警戒心を含んだ感じになった。「駄目だっていう電話ですか、これ」

「いえ、駄目っていうんじゃなくて。できたらそのことも含めて、一度話し合いたいと思うんだけど、どうかしら」

「考え直すように説得するわけですか」

「そうじゃなくて、ほら、今まで宮内さんとは、一緒に飲みながらじっくり話をしたこともなかったから、これを機会にどうかなと思って。格好つける気はないけど、味方になりたいと思ってるのよ。ただ、何かの誤解があったり、どんな職場にいても経験するようなことが異動希望の理由だったとしたら、よそに異動したとしても、問題の解決にはならないでしょ」

「はあ」

「どうかしら、一度時間取ってもらえないかな。異動の希望を取り下げるよう、強制するようなことは絶対にしないから。おカネの心配もしなくていいよ。今回は先輩に格好つけさせてもらうわ」

「それは駄目です」宮内優奈にしては意外な、きっぱりした口調だった。「おごってもらったら、言いたいことが言いにくくなります」

「あ、そう。宮内さんが嫌なら、割り勘でもいいよ」

「じゃあ、六：四にしてください。それぐらいにしとけば、お互い借りがない感じだと思いますから」宮内優奈は少し間を取ってから、「今夜でもいいですか」

「私はいいけど、身体の方は大丈夫なの？」

「大丈夫です。私、夜になったら元気が出る人なんで」

この小娘、やっぱり夜遊び続きで寝不足になって、貧血起こしてんじゃないのか。そういうことは親が指導しろよ。

実行委員会設立総会のプログラム作りで残業をしたが、西原課長に言って、午後七時前に抜けさせてもらった。

タクシーで待ち合わせ場所の商工会館前の噴水広場に行ったが、約束の七時半まで少し時間があり、宮内優奈の姿はまだなかった。

めぐるはベンチの一つに腰を下ろした。空は少しだけ星が見えている。十一月上旬にしては気温が高いようで、風がほおに当たっても冷たいとは感じなかった。

駅から繁華街への抜け道にあたるため、噴水広場は人通りが絶えない。これから飲みに行こうという感じの集団の他、ミニスカートに派手な柄のジャケットを身につけた、いかにも水商売風の女性たちの姿もあった。これから〔出勤〕なのだろう。

しばらくして、水商売風の女性の一人が、小さな子の手を引いて目の前を通り過ぎるときに、「ママ、あっちゃん今日いじわるしたんだよ」「あっちゃん。どの子だっけ？」といった会話が聞こえた。夜間託児所に子供を預けて働くのだろうか。

ああいう水商売女性を目にすると、自分も責任を伴わない気楽な仕事をしたかったなと思うことがある。そんなふうに思うようになったのは、三十を越えた頃からだったろうか。もちろん、実際にそういう世界に飛び込もう、などと本気で考えたことなどない。どんな運命のいたずらがあったとしても、自分の人生にそういう事態はありえないだろう。でも、それだけに余計に、全く別の世界に生きる自分を夢想してみたくなるのだろうか。

そのとき、ショルダーバッグの中で携帯電話が振動した。宮内優奈だと思って画面を見たら、実家の母親だった。

「町内会長さんの奥さんの紹介で、深海信用金庫で働いてる人の写真送ったからね」

また縁談話か。結婚願望がないわけではないが、母親のペースに乗せられてことが決まるのはお断りだ。

「そういうのは送らなくていいって言ったでしょ」

「じゃあ何、おつき合いしてる人がいるわけ？」

「…………」

「ほーらね。あんたね、市役所の職員を続けるのは結構なことだけど、このままだと本当に結婚のチャンスなくなるよ。もう三十五でしょ。ここ一年二年が正念場よ」

「四。三十四。娘の年ぐらい覚えといてよ」

「あんた、今はまだ独り身でも平気だって思ってるかもしれないけど、五十代後半になったら定年なのよ。そんなのすぐよ。私たちも先に逝っちゃうから、あんた本当に孤独な一人暮らしで残りの人生送ることになるわよ。死んでも、何か月もそのままで、変な臭いがしてやっと、近所の人が気づくんだから」

「そんな決めつけしないでよ。独り身の人もほとんどはそれなりに楽しくやってるわよ。仲の悪い夫婦を続けるよりましでしょ」

「誰のこと言ってんのよ」

「ただの一般論よ。お母さんのことじゃないわよ」

「とにかく、つまんない見栄を張ったりしないで、結婚のことはちゃんと考えるようにしときなさいよ。高望みしてたら、絶対に見つからないよ。あんた料理は下手だし、整理整頓もあんまりできないし、テンポが遅いし、物忘れもよくする人なんだから、相手にいろいろ注文つけられる立場じゃないのよ。そこんところを判った上で」と母親がまくし立てている途中で「悪いけど、まだ残業中だから。写真は見とく」と切った。

また目の前を、水商売風の女性が通り過ぎた。タイトスカートに黒く光るジャンパーという格好に、だっこひもを肩にかけて、赤ちゃんを胸に抱いていた。さっきの女性もだが、きっとシングルマザーなのだろう。自分よりもずっと若い女性が、曲がりなりにも子供を産んで、育てている。

自分はどうして家庭を持っていないのだろう。とっくに家族がいてもいいはずなのに。

そう思う一方で、自分なんかに子育てができるのだろうかという思いもあった。ベビーカーを押しているときに転んで、大変なことになったりするんじゃないか。添い寝をしているときに寝返りを打って、赤ちゃんを押し潰したりしないだろうか。そういうことを考えると、何だか怖い。

最近は、同窓会の案内が来ても、欠席の方に印をつけて送り返すようになった。母親になってしまった旧友たちが口にする話題は、幼稚園や小学校のこと、亭主の転勤、家のローンのことなどばかりで、めぐるは蚊帳《かや》の外に置かれて、ぎこちない愛想笑いをしながらうなずくだけ。かといって、独身女性同士でしゃべっていると、妙な視線を感じる。どうして結婚しないのと、いつ誰から聞かれるかと身構えて、ちっとも楽しめない。

目の前に立っているのが宮内優奈だと気づいた。彼女は夜になると飲み歩いているという思いこみのせいか、グレーのパーカーにジーンズという軽装なのが意外だった。

「どうかしたんですか係長。何か、考え込んでおられるようでしたけど」

「何でもない」めぐるはベンチから腰を浮かせた。「どこに行こうか」

「就職する前にバイトしてた居酒屋があるんですけど、どうですか。知ってるスタッフがまだいるんで、飲み物とか少し安くしてもらえますよ」

「いいよ、じゃあ、そこに行こう」

宮内優奈だったらイタリア料理とか、そういうところをリクエストすると思っていたので、普通の居酒屋というのも意外だった。

待ち合わせ場所からほんの三分ほどの場所だった。いかにも学生サークルのコンパなどで利用されそうな、田舎の民家を意識した造りの店で、一階は全て肩ぐらいの高さの木製の壁で仕切られたテーブル席だった。七分ほどの入りで、店内はざわざわしていた。

先に立っていた宮内優奈が「ここでいいですよね」と、奥の方のテーブルを指さし、めぐるが「うん」と応じると、彼女はためらう様子もなく、奥の方の席に腰を下ろした。上座とか下座という考えがそもそもないらしい。

まずはビールのジョッキを注文し、乾杯してから、互いに数品ずつ頼んだ。宮内優奈は、知り合いの女性スタッフを見つけると手を振り、小声で「よろしくね」と頼んだ。

「どれぐらいの間、バイトしてたの」

「一年ぐらいです。私、短大卒業した後、就職しないでバイトばっかりやってて」

「へえ」

「係長は、公立大を出た後、役所に入ったんですよね。上級職で」

「まあね」

「エリートですよね」

「何言ってんのよ、人口二十万そこそこの町のお役所に入っただけなのに」

「私は初級でやっと入れたんで、やっぱり上級で入った人って、すごいなあと思いますよ」

早浦市役所では、高卒後五年間の受験資格がある初級試験と、満二十八歳まで受験資格がある上級試験の二通りが用意されている。四年制大学を出た者は基本的に上級試験を受け、初級で入った者よりも初任給の金額が高い。昇任についても、建前上は初給も上級も同等だが、係長昇任試験に受かるには上級職試験以上の知識が必要になるため、事実上、上級職で入った者が幹部候補ということになっている。もっとも、めぐるは十二年間役所で仕事をしてきて、上級で入ったけれど無能な職員も、初級で入ったけれどかなり有能な職員も見てきているので、入り口がどうだったかで勝手な思い込みをしないよう気をつけている。

注文した串物や鉢物が届き始め、箸をつけた。宮内優奈はあまり飲めない口なのか、ジョッキのビールの減り方が遅い。

すぐに本題に入るのは性急過ぎるだろうなと思い、好きな食べ物の話題を口にしてみた。宮内優奈は、特に苦手な食べ物はないが、飽きっぽいので同じ物を続けて食べるのが嫌なんですよー、と言った。

めぐるがジョッキのお代わりを頼んだ直後、宮内優奈が「係長は、結婚の予定とかはないんですか」と聞いてきた。

「ないねー」めぐるは苦笑いを作った。「学生のときとか、二十代のときには一応、つき合ってた人はいたんだけど、結局続かなくて」

「嫌なら答えなくていいんですけど、別れた理由、よかったら教えていただけますか」

何か、こっちが相談を持ちかけたみたいな流れになってきたな。しかし、ここでちゃんと答えないと、彼女の方も腹を割って話をしてくれないだろう。

「学生のときは自然消滅。一つ先輩の人だったけど、関東の方に就職して、遠距離になって、どっちもおカネがあんまりなくて会いに行かなくて」

「あ、それに似たのだったら私もありました」

「へえ、そうなんだ」

「私の場合は、どっちが会いに来るかで喧嘩になって、最後は電話で、互いに溜《た》まってた不満をぶちまけて終わりでした」

「へえ」

間ができて、二人目の話を催促されているような空気になった。

「二人目はね、スポーツクラブに通ってたときに知り合った建築デザイナーの人。こっちの方は、相手が三またかけてたことが判って終わり。別れるって言ったら、いいよってあっさり言われて」

「うわっ」宮内優奈が口に手を当てた。噴き出しそうなのをこらえているように見えた。

「係長も、意外といろんなことがあったんですね」

「意外とは何だ」

「あ、すみません。役所の男性とは何もなかったんですか」

「なかったねー。周りには職場結婚した人、ときどきいるんだけど、私の場合は全然。役所内で結ばれるパターンてたいがい、新採で入ってきた女性が同じ職場の先輩男性にいろいろ教わるうちにっていう感じじゃない。だから、最初の職場でそれがなかったら、役所内でくっつく可能性はほとんどないんじゃないの？　だってほら、入って三年四年と経《た》ったら、女の方も仕事のことも組織の事情も判ってくるから、一人の男性に頼ろうとしなくなるし、その男性は前に役所内の誰それとつき合ってた、とかいう話が耳に入ってきたりもするし」

「あー、なるほど。係長は今まで、どんなところで働いて来られたんですか」

「最初が事業振興課で、それから広報室、市議会事務局、教育委員会文化課、そして今の文化記念館建設準備室」

「うわっ、残業や休日出勤が当たり前の、きついところばっかりですね」宮内優奈は露骨に眉をひそめた。「そういうところを希望されたんですか」

「してない、してない」めぐるは届いたジョッキに口をつけようとしたときにそう言ったため、泡が串皿の上に飛んだ。「希望を出しても全然聞いてもらえなくて」

「有能だからですよ、それは」

「私におべんちゃら言っても、何も出ないわよ」

「おべんちゃらじゃありませんよぉ、だって私だったら絶対に嫌だもん、そんな忙しい職場を渡り歩いてって、そのまま年を取ってゆくなんて」宮内優奈はそう言ってから、「あ、すみません」と頭を下げた。

「いや、気にしなくていいよ。私だって今でも、このまま役所で働き続けて人生が終わるのかと思うと、ときどき焦るような、叫びたくなるような、ちょっと危ない気分になることがあるんだ」

気まずい間ができた。宮内優奈が店員を呼び止めてウーロン茶を注文した。

「えっ、もうウーロン茶？」

「すみません。あんまり飲まないようにしてるんです」

「どうして」

宮内優奈は、しばらく間を取ってから、探るような目つきで聞いた。

「係長は、人生の分かれ目っていうか、分岐点というのを意識したこと、ありますか」

唐突な質問に戸惑ったが、条件反射のように思い浮かぶのは、あの日のことだった。人に話すのは初めてだったが、秘密にするようなことでもない、か。

「あなたが聞きたいことに対する返事になってるかどうか判らないんだけど……私が早浦市役所の二次試験を受けた日の朝、自転車で駅に向かってる途中に、急に強い雨が降り出して、雨宿りをしたの。南早浦駅まであと三百メートルぐらいの場所だったかな。傘は持ってなかったし、タクシーを呼ぼうにも、試験で持ち込み禁止だったから携帯電話もなくて。近くを見回しても、近くの建物はまだシャッターが下りてて」

「じゃあ、どうしたんですか」

「どうしたと思う？」

「流しのタクシーが通りかかったので手を上げた」

「それを期待してたんだけど、そのときは全然通らなかったのよ。で、とっさに私は、三つの選択肢を考えたわけ。一つ目は、濡れてもいいから駅まで走る。二つ目は、もうしばらくその場で様子を見て、雨が弱まるか、流しのタクシーが通るのを待ってみる。三つ目は、駅とは逆方向だけど百メートルほど戻ったところにあるタクシー会社まで走るか、途中にある適当な建物に飛び込んで、電話を借りてタクシーを呼ぶ」

「バス停は近くになかったんですか」

「あったけど、本数少ないし、バス停まで走るんだったら駅かタクシー会社まで走るのと変わらないから」

「ふーん。私だったら……迷いますね、確かに。でも、迷ってる暇はないんですよね。

迷っていたら、それは二つ目の選択肢を選んだってことになる」

「そうね」

「係長だったら、道を戻ってタクシー会社に行ったんじゃないですか。仕事ぶりを見てると、無理して前に進むより、ここは戻る方が近道だっていう冷静な判断ができるタイプだから」

「私、そんなに冷静な人間じゃないよ。何をするにしてもテンポが遅いだけなのに、人によってはそういうふうに見られちゃうことがあるだけで」

「じゃあ、あれって計算じゃないんですか。仕事で相手の人としゃべってるときに、ときどき変な言い回しをしておられるのは。何とかでござりまする、みたいな侍言葉」

「計算なわけないでしょ。緊張すると、ああいう風に口走っちゃうの」

「そうだったんですか。私はてっきり、場の空気をなごませるためにやってるのかと」宮内優奈は短く笑った。「でも、答えは正解でしょ」

「残念、外れ。あのとき、私は駅に向かって走り出したの。ビルづたいに、小刻みに雨宿りをしながら。でも雨はますます強くなっちゃってね、何とか駅にたどり着いたときには、ずぶ濡れ。ショルダーバッグを頭の上にやって走ったんだけど、それでも髪から水がしたたるし、パンプスの中に入った水が歩くたびにぐちょぐちょ音をさせるし、化粧は落ちるしで。ホームでも列車の中でも遠巻きにされてね。女子高生グループの方からは、貞子だ、貞子だって聞こえてくるし」

「貞子」宮内優奈が苦笑した。「すごい絵ですね」

「列車の中で、知らないおばさんがミニタオルをくれたわ。髪を拭きなさいって。何があったか知らないけど、頑張って生きるのよって言われたわ」

宮内優奈が手を叩いて笑い、届いたウーロン茶に手を伸ばした。

「試験会場に入るときも、試験官の人から呼び止められてね。事情を説明したら、気の毒がって、またタオルを持って来てもらって。試験中、雨水を吸った服から妙な匂いが漂い始めたのも判って、穴があったら入りたい気持ちだったわよ。何とか試験は終えることができて、職員になれたわけだけど、その一件のせいで、同期の人たちからは雨女って決めつけられてねー。みんなで花見に行った日に小雨がちょっと降っただけで、やっぱりとか言われて」

「へえ、そんなことがあったんですか」

「私ね、あのときに別の道を選んでたら、別の人生があったのかもしれないって思うことがあるんだ。まあ、そうは言っても、雨宿りをもうしばらく続けたにしろ、タクシー会社目指して走ったにしろ、役所に入ったとは思うんだけど、何ていうか……そのときの選択の違いによって、運命の方向みたいなのが微妙に変化してたんじゃないかって」

「例えば、最初の配属先が事業振興課、でしたっけ？　運命の方向がちょっとずれて、別のところに配属されて、独身のイケメン先輩との出会いがあって、今頃共働きで子持ちだったかもしれないってことですか」

「イケメン先輩じゃないかもしれないけどね」

「なるほど。確かに、配属先によって大きな違いは出ますよね。私が知ってる男性の先輩で、最初、経済部の企業立地課っていうところに配属された人がいるんですけど、そこで身につけた知識とかがあるから、その後も中小企業振興課とか、関連があるセクションを渡り歩いて、中小企業診断士の資格も取って、スペシャリストみたいな感じになってきて、仕事が楽しいって言ってました。その先輩でも、最初の配属先が肌に合わないところだったり、馬が合わない上司や同僚がいたりしたら、その後が大きく違ってたかもしれませんよね」

「そうそう。私はたまたま、事務量の多い職場を渡り歩いて来たけど、運命の方向がずれて、残業があまりない職場ばっかりだったら、仕事以外に何かを見つけることができたかもって、思ったりもするのよ」

「いいですね、その話。いつか使わせてもらおうかな」

「えっ」

宮内優奈は一瞬、舌を出して意味ありげな笑い方をした。

「係長。実は私、脚本家を目指してるんですよ」

めぐるは、しばらくぽかんとしてから、もう一度「えっ」と聞き返した。

「二年ほど前から、テレビドラマとかの脚本を書く仕事をやりたくて、通信講座を受けてるんです。今まで何をやっても、ものにならなかったけど、これだけは実現させようって決めてるんです」

「脚本家って……私は専門家じゃないからあれだけど、甘い世界じゃないんでしょう。通信講座を受けたからといって、なれるもんじゃないと思うんだけど」

「多分、そういうことを言われると思ってました」宮内優奈は笑顔のまま、パーカーのポケットからたたまれた紙を出して広げ、めぐるに見せた。

めぐるは「わっ」と漏らした。

テレビシナリオコンテストの入選を知らせる通知のようだった。主催者は、大手民放局。宮内優奈の名前は、銅賞とされる数人の中にあった。金賞が一人、銀賞が二人、銅賞が……五人いた。金賞と銀賞は、作品タイトルもあったが、銅賞のところは入選者名だけが並んでいた。

応募者数も記されていた。五百二人。その中でベストエイトに入った、ということらしかった。

うそー。この子が。

「まだ一番になったことはないし、入選自体、これを含めて三回だけなんで、偉そうなことは言えないんですけど、プロになるのは私の夢とかじゃなくて、現実的な目標なんです」

「もしかして、貧血で倒れたりしてたのは……」

「すみません。応募原稿を書いたりするのに、徹夜することがあるので。でも、これからはちゃんと睡眠を取るように注意します。身体を壊したら、元も子もありませんからね」

「どういう話を書いたの、今回入選したのは」

「ホラーです。死んだ殺人鬼の脳をコンピューターでスキャンしたことがきっかけで、そのコンピューターが殺人鬼の意思に支配され始めるっていう感じの。私、子供の頃からホラー系の映画とか漫画とか大好きだったので、書くのもそういう方向に行っちゃって」

「へえ、私、全くそんなこと気づかなかった。宮内さんは夜遊びばっかりしてるんじゃないかって勝手に思ってて、そのことを注意しようって」

「そうだったんですか」宮内優奈は苦笑い気味の表情でうなずき、入選通知をたたんでポケットにしまった。「まあ、職場でそういう話、したことありませんからね。でも、係長には迷惑かけてるし、異動希望のことも係長だったら判ってくれるかもしれないと思ったので、今日はいい機会だと思って」

「応募原稿を書く時間を確保したいから、残業が少ないところに異動したいわけね」

「はい。決して、今やってる仕事から逃げようというのじゃないんです。ただ私には他に目標があって、それを実現したいから。この優先順位だけは動かすつもりがないので」

「異動の希望が叶わなかったら、辞めるつもり？」

「ぎりぎりまで頑張るつもりではいますけど、原稿が全然書けないぐらい忙しくなってきたら、そのときはためらいません」

宮内優奈はきっぱりと言った。今まで頼りない子だと思っていたが、こうして見ると、彼女の目には、ぎらぎらした力強さを感じる。

「判った。課長には私から話してみる」

「ありがとうございます」宮内優奈は頭を下げてから、「よかったー、係長に相談して」と、急に脱力したように後ろにもたれた。

「お酒あんまり飲まなかったのは、今日も原稿を書くから？」

「あ、鋭いですね」宮内優奈は舌を少し出した。「実は、応募の締め切りが迫ってて。でも、ちゃんと睡眠は取るようにしますから」

「年にいくつぐらい、そういう応募に出してるの」

「いくつっていうか、毎日これだけは最低限書くっていうのは決めてます。結果として、年に三本ぐらい、応募してますね。最初のうちは一次選考を通るかどうかって感じでしたけど、最近は最終選考にちょくちょく残れるようになってきたので、今はほんと、気合い入りまくってるんです。アイデアも割と出てくるし」

「凄《すご》いね」めぐるは本心から言った。「じゃあ、あと一杯つき合ってもらって、それで今日はお開きにしましょう」

「すみません。せっかく係長と二人で飲む機会を作っていただいたのに」

宮内優奈はビールをジョッキではなく、グラスでと店員に注文した。

この子みたいに、何か一所懸命になれるものを見つけたことが自分にはあっただろうか。

学生時代にも趣味らしきものはあったし、就職後も、エアロビクス、スイミング、トールペインティング、社交ダンスなどをかじったが、結局どれも続かなかった。唯一ずっと続いているのは役所の仕事だが、それは置かれた環境に流されてやってきただけで、夢とか生きがいといった言葉とは縁がない。

こんなに若い子が、一見するといい加減そうで頼りなさそうな子が、人生の目標を、生きがいを見つけて、頑張ってるというのに、自分は何も見つけることができない。

「係長」と言われたので見ると、宮内優奈がグラスビールを手にしていた。

「あ……」めぐるは、半分ほど残っているジョッキを持ち上げた。「じゃあ、若い人の素敵な夢に」

ジョッキとグラスが軽くぶつかった。

「夢じゃなくて目標でござりまする」

宮内優奈はそう言って笑い、グラスのビールを一気飲みし、「あー、美味しい」と笑った。笑ってはいたが、一瞬だけ、挑むような鋭い目になったように見えた。


翌朝、西原課長と別室で宮内優奈の話をした。その後、宮内優奈を呼んで意思確認をし、では年末か年度末に異動できるよう人事に相談してみる、ということで落着した。西原課長は、宮内優奈から見せられたシナリオコンテストの入選通知を「ほおーっ」と何度も口にしながら眺めていたが、頑張れとか、君だったらきっとプロになれるといった声をかけることはなく、「忙しくなる前に聞けてよかったよ」と言った。自分の仕事への影響しか、この人は興味がないようだった。

この日も宮内優奈と二人で就任依頼回りをした。軽自動車での移動中、ハンドルを握る宮内優奈が「今朝、出勤前にワイドショー番組見たんですけど、市長公舎の周りにテレビカメラやレポーターが集まってましたよ」と言った。「市長は電話インタビューで釈明したけど、その後は取材に応じないで通すつもりみたいですね」

「へえ、そうなんだ」

「あの電話インタビューが余計にひんしゅく買ったらしくて、昨日は市役所の総務とか秘書室とかに抗議の電話やメールがいっぱい来たそうですよ。市のホームページも炎上しちゃって、しばらくは書き込みができないようにするとか」

「電話インタビューのあのコメントはないよね。私はうそつきですって宣言してるようなものだよ」

「係長、もし市長が落選して、前県議のおばさんが新市長になったりしたら、文化記念館の建設、待ったがかかる可能性もあるんじゃないですか」

「どうかな。いくら女性スキャンダルがあったとしても、あの市長は幅広い支持を受けてるから。票は減らしても、当選は動かないんじゃないの」

何で自分が市長の味方みたいな感じになってるんだ。馬鹿馬鹿しい。

信号待ちで停止したときに、ちらと宮内優奈の横顔を見た。プロの脚本家になるかもしれない子が今、隣にいるのかと思うと、妙な気分になる。何だか急に、自分の方が小さな人間のように思えてくる。

昨夜、宮内優奈と別れた後、たまに行くショットバーのカウンターの隅でマルガリータをすすりながら、自分が幼い頃に描いていた夢のことを考えた。宮内優奈のお陰で思い出した、童話作家になりたいという夢。といっても、小学生のときの話である。いくつかノートに書いた覚えがあるが、一番気に入っていたのは、おじいちゃんの話だった。おじいちゃんがボートに乗って釣りに出かけ、行方不明になる。でも孫娘はきっと帰って来ると信じている。みんなが、もう死んでるに決まってると言っても、孫娘だけは希望を捨てない。最後は、そんな孫娘の気持ちが通じる形で終わる話だった。

おじいちゃんとの別れがあんな形だったので、それを受け入れたくなくて、そんな話を書いたのだろう。そのノートはもう残ってないが、もし今読み返したら、噴き出してしまうぐらい、つたない文章とストーリーに違いない。でもなぜか、そのときのめぐるは自信を持っていて、近所の年下の子たちを集めて、読んで聞かせたりした。そのときの幼なじみたちの反応がどうだったかは、全く思い出せないが、きっと、ぽかんとした顔で、何のこっちゃと感じながら聞いていたことだろう。

たいがいの子供は、夢を持っても、中学生になる前に現実というものを知り、自分には無理だと思って、あきらめる。四年生のときのクラスメートでものすごくサッカーが上手かった男の子が、プロの選手になると言っていたけれど、六年生のときの卒業文集には、刑事になりたいと書いていた。めぐるはケーキ屋さんと書いた。童話作家の夢をあきらめたからなのか、それとも書くのが恥ずかしかったからなのか、本当にケーキ屋さんの方により魅力を感じたせいなのか、思い出せない。

何となく窓の外に目をやり、走っていた国道沿いに並ぶイチョウが、いつの間にか緑色よりも黄色が多くなっていることに気づいた。夢があると、普通の街並みも、違って見えるものなのだろうか。めぐるは、もう一度、宮内優奈の横顔を盗み見た。

宮内優奈は、あくびをしかけていた。あわてて片手で口を押さえ、「すみません。昨夜はちゃんと寝たんですけど」と言った。


夕方近くになって、市立図書館勤務の平山美緒から携帯に連絡が入り、午後八時十分前にホテル早浦クラブのロビーで待ち合わせ、ということになった。

この日は残業をしなくて済んだので、いったんアパートに帰宅してシャワーを浴び、ベージュのブラウス、それよりもやや濃いめのツイードジャケット、黒のシフォンスカートに着替えた。スカートは裾がレースになっており、ブラウスは腕が透けて見える。

姿見で一張羅姿の自分を眺めながら、「どうせ飲み食いして、その後は平山美緒と二人でカラオケ行って終わりだよ」と自分に言い聞かせた。過剰な期待は、後でがっくり感になって返ってくる。

タクシーでホテル早浦クラブに行った。一階のロビーに入って見回してみたが、平山美緒はまだ来ていないようだった。近くのソファに座っていた同年代ぐらいのスーツ姿の男性と目が合い、向こうが微妙な感じの会釈をしてきたので同じような仕草を返したが、記憶にない顔だった。人違いをされたらしい。

座って待つことにし、空いているソファを探すときに、その男性がまだこちらを見ていることに気づいた。

もしかしてナンパか？　そういう軽いことをしてくる男に好感を持ったことはない。その男性からできるだけ離れたソファを選んで座った。同じ壁際のソファなので、互いに顔が見えにくくなり、ちょうどいい。

腰を下ろしてすぐ、ハンドバッグの中で携帯が振動した。

「私。平山だけど」という彼女の声を聞いて、何かの事情で来られなくなったのではないかと直感した。「ごめーん、そっちに行くつもりで、近くまで来てたんたけどぉ」

「どうしたの」

「それが……プロポーズされちゃって」

「はあ？」

こんないたずらをして何が面白いのだろうかと思った。

「前にちょっとだけ話したことあったよね、旅行代理店の、ほら」

「ええと、二歳下っていう……」

「うん、そうそう」

名前も顔も知らない男性だが、平山美緒が課税課で職場旅行の幹事をしたときに知り合った旅行代理店の男性と、何度かデートをしたことがあるということは聞いていた。しかし、最近その男性の話を彼女がしなくなったので、恋人関係に発展しないまま消滅したのだろうと思っていた。

「プロポーズって、何よ、それ。どういうこと」

「携帯に電話が入って、ちょっとだけ時間をくれと言われて、中央公園に呼び出されたのよ。さっき」

繁華街の真ん中にある児童公園だが、暗くなるとストリートミュージシャンや大道芸人の卵たちでにぎわう場所でもある。ホテル早浦クラブから五百メートルほどの場所だ。

「あんな場所でプロポーズされたの」

「それがあの人、何人かのストリートミュージシャンとか、ジャグリングをする人とかに前もって頼んでたらしくて、いきなりそういう人たちに囲まれて、私が好きな『アゲハ蝶《ちょう》』の演奏が始まって、びっくりして突っ立ってたら、指輪を見せられて、結婚してくださいって。喧嘩になったときは僕の方が折れると約束しますって」平山美緒の声がだんだん震えてきていた。「そういうの、他人の体験談として聞いたら、馬鹿じゃないのって思うのに、笑っちゃうよね、いい年して……」

三十代半ばになる女がすすり泣いていた。いたずらではないらしい。

「同い年で、同期で、いっしょに係長になって、二人とも独身の、いい友達だと思ってたのに。裏切り者」

平山美緒が涙声で噴き出した。

「ごめーん。でも、別れかけてたんだ、本当は。喧嘩して、もういいやって気持ちになってたから……年下のあの人の方が大人なんだって思い知らされた」

はいはい、そうですか。

続くかどうか、判んないよ、そんなの。口にはしないでおいた。負け惜しみでしかない。

「判った。こっちには来なくていいから。その彼、今度紹介してよ」

「うん。ごめんね。近いうちに必ず埋め合わせするから」

「高い料理おごってもらうわ」

「約束しまーす」

互いに短く笑い、平山美緒は「じゃあ」と言って先に切った。

大きくため息をついた。取り残されたような、置き去りにされたような。

携帯電話を閉じたときに、あやうく落としそうになり、両手の上で何度かバウンドさせて、何とか捕まえることができた。何をやってんだか。

「あの、魚貫さんじゃないですか」

そう言われて顔を上げると、さっき目が合った男性が、数メートル先に立っていた。紺のスーツにライトブルーのネクタイ。ハンサムではないが、近くで見ると割と真面目《まじめ》そうな印象の男性だった。

向こうは自分を知っているらしい。めぐるは記憶をたぐったが、誰なのかという特定ができないうちに彼が「大平《おおひら》です。大平カズユキ」と名乗った。

頭の中でカズユキが和之になり、やっと思い出した。中学校で放送部だったときに、一緒に朝の校内放送をやっていた大平和之だ。よく見れば、目や輪郭に、あの頃の特徴が残っていた。

「あーっ、大平君。こんなところで会うなんて奇遇ね」

彼とは高校も一緒だったが、同じクラスになったことはなく、話をしたのは中学の放送部で顔を合わせたときだけだった。高校進学後は、たまに見かけることがあるだけで、あいさつもしなかったように思う。

「やっぱり魚貫さんか。俺は見てすぐに判ったよ」大平和之は笑いながらうなずいた。

「元気にしてた？」

「うん、まあまあ。年を取ったけどね」

「それは俺も一緒だよ。あ、俺はさ」大平和之は言いながら内ポケットから名刺入れを出した。「もう十二年ぐらいになるかな、早浦市に住んでるの」

大平和之の左手に視線を走らせた。指輪をしていない。

もらった名刺を見ると、早浦製薬の営業第二課長という肩書きがついていた。早浦市を代表する会社の一つである。大平和之は、「医師会のお偉いさんの息子が留学から帰って来て、総合病院で働くことになったっていうパーティーに顔出して、さっき抜け出したところで」と説明した。

「早浦市に十二年って、まじで？　私もずっと住んでるんだよ。大学時代も含めたら、もう十五年以上」

めぐるが自分の名刺を差し出すと、大平和之はそれをまじまじと見て、「へーっ、早浦市の係長さんだったの。じゃあ、かなり長い間、魚貫さんと同じ街に住んでたわけか。それはそれは」

「今までに気づかないで街ですれ違ったりしてたかもね」

「いや、すれ違うぐらいの距離だったら、俺は気づくよ、絶対に。だって今だってすぐに判ったし。今頃こんなこと言うのは何だけど、中学生のときにはかなり気になる相手だったんだ。つき合ってくれって言う勇気がなくて、わざとそっけない態度取ってたけど、花火大会とかに誘うつもりで電話かけたこともあるんだ」

「うそだ」

「ほんとだよ。中三のとき。でも電話は誰も出なくてね」

「あー、花火大会のときは、親戚が来て、みんなで昼からあっちこっち出かけてて、帰るの遅かったんだ、確か。へえ、電話してくれたんだ」

　真偽は知らないが、好意を持っていたと言われて悪い気はしない。

「それと実はね、就職活動中に一度、早浦市内で君を見かけたことがあるよ。八月下旬の朝、南早浦駅に近い国道だったかなあ。俺は就職が決まって、親からカネ借りて車を買って、浮かれ気分で朝から市内を走らせてて。そのときに、ビルか何かの下で雨宿りしてる君を見かけたんだ。ほら、あの日は急に天気が崩れて、しばらく強い雨が降ったじゃない」

「えっ」あの日の朝のことらしいと判り、めぐるは心臓がどくんとはねるのを感じた。

「大平君、そこ通ってたの？」

「あ、じゃあやっぱりあれは君だったんだ。いやね、いかにも雨宿りしてるっぽい感じだったから、車を寄せて、よかったら送るけどって声をかけようとしたんだ。どうせ暇だったし、こんなところで会うのって、何か偶然にしてはすごいな、とも思ったから。でも、車を寄せようとしたところで、君はいきなり走り出しちゃってさ。クラクションを鳴らしたんだけど、聞こえなかったみたいで。追いかけようともしたんだけど、君が少し先の交差点を渡った後、すぐに赤になったせいで、そのまま見失ってしまって。あのときは、就職活動か何かだったの？」

めぐるは全身が硬直しているような感覚に陥って、「うん……」としか言えなかった。


日曜日に市長選があり、めぐるも投票には行ったが、どの候補者も選ばず、白票を投じた。その日の夜に開票結果がテレビのテロップに流れ、現職は僅差で落選、前県議の女性が新市長になることが決まった。

翌月曜日は特に何ごともなく仕事ができたが、火曜日の朝、めぐるが出勤すると、西原課長から険しい顔で「悪い方の予感が当たりそうだ」と言われた。

「はあ？」

「新しい市長のこと。室長が助役から得た情報によると、文化記念館の建設を中止させる方向で考えているらしい。魚貫さん、大至急、ここまで事業を進めてきておいて中止となったらどういう弊害があるかという資料をA4二枚以内にまとめてもらえるか。新市長を説得できるよう、インパクトのある内容にしてくれ」

「はい……ええと、いつまでに作ればいいでしょうか」

「とりあえず、十時までに一度仕上げてもらえるかな。それを俺が見て直しを入れて、午後一番に室長に見せて、また意見をもらうから」

「A4二枚でいいんですか。一枚にした方がよくないですか」

これまでに何度も、室長以上に進捗《しんちょく》状況などの説明をする資料を作ってきたが、たいがい、西原課長の指示どおりにやると、上から「もっと要点をまとめたコンパクトなものに作り直せ」という再指示が下りてくる。

西原課長は、めぐるの考えていることを察したようで、もともとの険しい顔がさらに憮然《ぶぜん》としたものになり、「一枚にまとめられるなら、それでもいいから」と声が大きくなった。

めぐるは宮内優奈には設立総会のシナリオ作りを進めておくよう指示し、自身はノートパソコンのキーを叩き始めた。タイトルは一応〔文化記念館建設を中止した場合のデメリットについて〕としておいた。

デメリットとして思い浮かぶのは……これまでに使った事業費が無駄になる。建設に伴う経済効果が失われる。委員就任を承諾してもらった有力者への背信行為となり、今後の市政運営に影響を及ぼすおそれがある。記念館建設に期待していた文化団体や市民の反感を買う。早浦市自体のイメージダウンになる。

ついでに、担当職員のモチベーションが下がる、というのも書き入れてやろうか。

一時間後、西原課長にそれを見せたところ、「建設に伴う経済効果が失われるってあるけど、具体的な数字がないとなあ」と言われた。

「もともと経済効果を期待して作るハコじゃなかったので、そんな数字、一度もひねり出したことありませんけど。デメリットをまとめろと言われたので、経済効果のことをねじ込んだだけで」

「判ってるよ、そんなことは。でも、具体的にどれぐらいの経済効果が失われるのかっていう数字を出さないと、説得力がないだろ。何とかしてくれ」

要するに、捏造《ねつぞう》資料を作れってことですね、という言葉を飲み込んで、めぐるは「判りました。やってみます」と答えて引き下がった。建設計画をまとめるときも、文化記念館ができれば早浦市の未来がいかに明るいものになるかという大風呂敷を広げる内容だったので、要領自体は判っている。他都市の例を持ち出すときは、こちらにとって都合のいい事実は大袈裟《おおげさ》にデフォルメして、都合の悪いことは書かない。そして、どこから引っ張ってきたのか怪しい数字をちりばめる。公務員の得意技だ。

めぐるは結局、パソコンを使って他都市にある似たような規模の公共施設を探し、その中で経済効果をひけらかしているものを二、三みつくろって、同じ程度の経済効果が見込まれる、という形で資料をまとめた。

それを西原課長に見せたところ、若干の手直しを命じられて再提出し、西原課長が室長に見せて説明した後でまた手直しをして再々提出し、午後には準備室に待機しているようにと言われ、室長が助役のところに資料を持って行った。その結果、根拠が乏しい数字を資料に入れるな、という助役の指示により、経済効果についての数字のところは、ばっさりカットすることになった。要するに、文言や表現が多少変わった以外は、めぐるが最初に作った資料が市長用の資料となったわけである。助役説明から戻って来た室長からその指示を受けた西原課長は、めぐるがいる前でいけしゃあしゃあと「魚貫さんは、よかれと思って経済効果の数字を入れたと思うんですが、ちょっと余計なことだったようですね」と言ってくれた。

翌日の朝、実行委員会の就任依頼をいったんストップせよ、という指示が西原課長から出た。半ば予想していたことだったので、めぐるはそのことにいちいち驚いたりせず、「では今日は何をすればいいでしょうか」と聞いたところ、西原課長は、準備室に待機して新たな指示を待つように、と言い残して、室長と共にどこかに出かけて行った。新市長を説得するための対策会議をどこかでやるらしい。宮内優奈が近づいて来て、「いよいよ本当に事業中止の雲行きですね」と小声で言った。

やることが急になくなり、めぐるは宮内優奈と一緒に、不要と思われる書類の整理作業をして時間を潰した。他の職員も、じっとしているよりはまし、ということか、机の中の整理をし始める者が半数以上いた。中には文庫本を読んでいる者もいる。パソコンでインターネットに接続すると、どのサイトを開いたかが総務部に知られるようになっているので、さすがにそういう遊びをする者まではいない。

室長も西原課長も、昼休みが終わっても戻って来なかった。めぐるは、何度もあくびをかみ殺しながらパソコンの不要なデータを削除していた宮内優奈に「適当な理由つけて外に出ようか」と小声で言ってみた。

「外に出て、何をするんですか」

「別に何をしようってんじゃないけど、ここにいたら息が詰まるから」

「それもそうですね」宮内優奈はパソコンをシャットダウンさせた。「ボードには何て書きます？」

「クレーム処理って書いといて。聞かれたら、委員のリストに入っていなかった踊りの団体があって、そこから電話がかかってきたからとりあえず会いに行って来ます、みたいなことを言えばいいよ」

「了解」宮内優奈は、うれしそうに親指を立てて、ホワイトボードの方に向かった。

一応、先輩である井手係長にはある程度詳しく作り話を報告してから、軽自動車を借りる手続きをして、二人で抜け出した。

ハンドルを握る宮内優奈が、市庁舎から国道に出たところで「雲行きが怪しくなってますね」と見上げた。「でも降らないかな」

「宮内さん、どこかで仮眠取ってもいいよ」

「えっ」

「だって、見たら判るよ、寝不足だって」

「すみませーん。昨夜も一応眠ったんですけど、ここんところの睡眠不足をまだ取り戻せてないのか、仕事がこんな感じになって気が抜けたからなのか、何か睡魔が……」

「人にばれない場所だったらいいよ。どっかある?」

「係長はどうされるんですか」

「私は出先機関にいる知り合いのところでも回って、近くに用事があって来たからとか言って、適当に時間潰すよ。もし緊急の連絡が入ったら、すぐに宮内さんを拾いに戻れるよう、遠くにはいかないようにして」

「そうですか……あの、市立図書館でもいいですか」

「いいけど、どうして?」

「あそこ、本を朗読するCDを聴ける個室があるの、知ってます? ブラインドを下ろせるので、机に突っ伏して居眠りできるんですよ」

よく知ってるな、そんなことを。さては、これまでにもやってるな。そう思っていると、宮内優奈が「友達に聞いただけで、やってませんよ」と言った。

市立図書館の駐車場で宮内優奈を降ろして、二時間後にここで落ち合うことにした。

宮内優奈の姿が他の車の向こうに消えたところで携帯電話を取り出して、昨日の夜に来たメールを呼び出した。

［金曜日は、つきあってもらってありがとう。よかったら、また今週末、一緒に夕食など、いかがですか。］

大平和之からだった。まだ返信はしていない。断る理由はないと思うのだが、すぐに返信すると、何だか軽いような気がする。

あの日、ホテル早浦クラブで偶然大平和之と会い、せっかくだから少し話をしようと誘われて、ホテル内のカフェに入った。大平和之がグラスビールを注文したので、めぐるも同じ物を頼み、中学時代のことや、その後の互いのこと、近況などを語り合った。割と話が弾んで、二人とも二回お代わりを注文し、ここで何度もお代わりをするのも何だから、というようなことを大平和之が言い出して、近くにあるビアホールに移動し、結局二時間以上飲んでいた。途中で一度、トイレに立って戻って来たときにテーブルの角に腰をぶつけてうめき、大平和之から「大丈夫？」と心配そうに言われた。もしかすると、わざと気を引こうとしてやったと思われたかもしれない。

帰るとき、大平和之はタクシーで送る、と言ったが、それは遠慮し、携帯番号などを交換して、店の前で別れた。

その日からめぐるは、もし十二年前のあのときに、もうしばらく雨宿りを続けていたら、大平和之の車に乗っていた、ということについて思いを巡らせていた。彼に試験会場に送ってもらったことをきっかけとして、つき合うようになっていたかもしれない。もしかすると、彼と所帯を構えて、今頃は子供もいたりしたのかも。

運命というのは簡単には変更できない、と言った映画監督がいる。その監督は、予算をオーバーさせてある社会派映画を完成させたものの興行成績が悪くて大赤字になり、映画界から干されてしまったが、最後にやけくそで私費を投じて作った低予算ロードムービーが国際的な賞をいくつか獲得、見事に業界に返り咲いた。テレビ番組にゲスト出演したときに監督はそのことについて、自分はもともと映画を作ることを運命づけられた人間だから、少々回り道をしても戻って来たのは当たり前のことなんです、と笑っていた。

大平和之に、ときめいた気持ちには別にならない。中学のときはたまたま同じ放送部だったから話をしただけで、特別な感情を持ったことなどなかった。同じ高校に進学したものの、クラスが違ったこともあって、ほとんど記憶に残っていない。その後も、彼のことを思い出したりしたことはなかった。同窓会で顔を合わせたことがあるかどうかも判らない。真面目で優しそうな性格のようではあるが、どうも地味な印象で、恋心を抱く要素が見つからない。

でも、運命は、二人を近づけようとしている。

うそー。

中学と高校。十二年前のあの朝。同窓会。そうやって運命とやらは、二人を近づけようと試みたけれど、どちらも気づかない。だから、またもや再会が仕掛けられた？

何を考えてんだか。メールの画面を眺めながら、ため息をついたときに、窓をコンコンと叩かれて、あやうく携帯を落としそうになった。

みかん箱大のダンボールを抱えた平山美緒が立っていた。窓を開けると、「こんなとこで何やってんの」と聞かれた。

「ちょっと休憩。外回りの途中なんだけど、アポの時間まで少しあるから。それより先日はどうもね」

「でへへ」平山美緒は舌を出して笑った。「今思うと、とんでもなく恥ずかしいことをしゃべっちゃってたよね、私」

「結婚するわけね」

「多分。日取りとかはまだこれからだけど。あ、それよかさ、文化記念館、建設中止になりそうなんだって？」

「情報早いね」

「そりゃ係長職だから、いろいろ入ってくるわよ。じゃあ何？　今までやってきた仕事がパアになるわけ？」

「さあ。まだ判んないけど」

「もしそうなったら、やってらんないわね」

「しばらく暇になるかもしれないから、それならそれで、まあいいよ」

「前向きだね。あ、そうだ、悪いけど、運ぶの手伝ってもらえないかしら」平山美緒は気を取り直したように、にたっと笑った。「立ってるものは親でも使え、座ってるものは友達でも使えってね」

「いいよ」めぐるは携帯電話をショルダーバッグに入れ、手に提げて車を降りた。

「どれを運べばいいの」

「そこのワゴンのハッチ開けて、もう一つ、これぐらいの箱があるから、そっちを運んで。ちょっと重いよ」

ショルダーバッグをダンボール箱の上に載せて抱えると、確かにずっしり重かった。少しよろけてしまい、箱が傾いて、ショルダーバッグが落ちそうになり、あわてていったん下に置いた。平山美緒が「何？　踊ってんの？」と笑った。

平山美緒の後に続いて運んだ。図書館の通用口から入るときに、「郷土史関係の寄贈本なのよ。正直なところ要らないんだけど、断るといろいろ言われるからねー」と振り返って、笑いながら眉間《みけん》にしわを寄せた。

事務室に運び込んで、長机の上に置いた。

「ありがと。コーヒー淹《い》れようか。インスタントだけど」

「いいよ」めぐるは片手を振った。「仕事の手伝いをした後で邪魔をするのはよくないから。とっとと消えるよ」

「あ、そうだ」平山美緒は、ばんと手を叩いた。「あんたさ、読み語り、やってみる気ない？」

「は？」

「子供たちに童話とか、児童向きの短編とかを読んで聞かせるやつ。今、早浦市ではね、図書館と幼稚園、小学校が連携して、読み語り活動を推進してんのよ。あんたの声って、そういうのに向いてると前から思ってたのよね。話すテンポがちょっと遅いのも、子供相手にはちょうどいい感じだし」

「子供に朗読を聞かせるってこと？」

「そうそう。子供の想像力を育てたり、集中力が増したりっていう効果があってね、最近は全国あちこちで取り組みが始まってるのよ。でも、その読み語りをやってくれるボランティアスタッフが慢性的に不足しててねー。あんた、仕事が暇になりそうなんだし、どうせ休みの日とか、やることがなくてぼーっとしてんでしょ。やってみない？」

「あんた、人にものを頼むにしては、ひどい言い方してくれるわねー。私だって休みの日の予定ぐらい、いろいろあるわよ」

一瞬、大平和之の顔が浮かんだ。

「おー、これは誠に失礼つかまつった」平山美緒は敬礼する仕草をしてから頭を下げた。

「どうか平にお願い致しまする、魚貴様」

「読み語りは、図書館に子供を集めてやるわけ？」

「平日は、小学校や幼稚園に出向いてやることが多いけど、土日は図書館のキッズルームでやるの。第一土曜日は幼稚園児、第二は小学校低学年って具合にターゲット別にローテーションさせて。ね、やってみてよ、月に一回でいいからさ」

「簡単に、はいって言えるわけないじゃないの」

そう言いながらも、めぐるは、心臓の拍動が速くなって、身体が何だか熱くなっているのを感じていた。

これは何かの巡り合わせなのだろうか。

子供の頃に、あっさりあきらめた夢。

もちろん、プロの童話作家になろうなんて、今も思ってない。

でも、人生は一度きり。一つぐらい、何かを残しておきたい。

プロにはなれなくても、一つなら、物語を作れるんじゃないか。作るなら、やっぱりあの話だ。

めぐるは、それを子供たちの前で読む自分の姿を想像してみた。頭の中に浮かんだのは、実際にもう体験したかのようなリアルな情景だった。子供たちが笑っている。びっくりしている。目を赤くしている子がいる。

やってみようかな。

土曜日の午後、めぐるは読み語り会を見学するため、市立図書館を訪ねた。

午後三時の五分前に、女の子の声で、「間もなくキッズルームで読み語り会が始まります。小学校低学年向きのお話ですが、それ以外の方もどうぞ来てください」という館内放送が流された。

キッズルームは、一階の児童書コーナーの奥にあった。カーペット敷きの明るい部屋で、前が隠れるようになっている机が一台。ここに座って読み語りをするのだろう。三十人ぐらい座れる広さだろうか。出入り口前の靴箱の上には「くつをぬいでください」というプレートがかかっていた。

子供たちがキッズルームに集まって来て、思い思いの場所に座った。姉妹と思われる、お揃《そろ》いの洋服を着た体格の違う女の子二人が一番前に座り、その横には、若い母親と腕を組んで座る女の子。あぐらをかいて本を広げている男の子、三人並んで体育座りをする女の子。母親の多くは、「あとで迎えに来るから、おとなしくお話を聞くのよ」などと子供だけをキッズルームに入れたが、部屋の後ろに立つ母親もいた。授業参観のような感じで見守るつもりらしい。めぐるも、そういう母親たちに倣《なら》って後ろに立った。

数えてみると、女の子が十人、男の子は三人。まあこんなもんだろう。

図書館の職員らしい若い女性が子供たちの前に立って、もう少し中央に寄るよう指示し、読み語り会の途中でおしゃべりをしないように、と注意事項を述べてから、本を持って入って来た別の女性と交代した。その女性を見てめぐるは、ぎょっとなった。

頭にバンダナを巻いて、赤いパーカーにジーンズ。ベース型の輪郭に、いかにも気が強そうな目つき。劇団〔天空の迷路〕の大島早知枝だった。

へえ、この人、こんな活動もしてるんだ。

その大島早知枝と目が合い、あら、という顔をされたので会釈をしたところ、よく通る声で「子供さん、いらっしゃるの?」と聞かれ、「いえ」と頭を振った。大島早知枝は、じゃあ何で、という感じの表情だったが、私語をしている暇はないと思い直したようで、

「今日は、『透明人間がやって来た』というお話でーす」と子供たちの方に笑いかけ

た。

子供たちがさっそく、「えーっ、怖いー」「俺、透明人間知ってるよー、身体が透明になる人間のこと」などと口々に騒いだが、大島早知枝が「どんなお話かは、聞いてのお楽しみ。ではさっそく始めます」と言うと、静かになった。

透明人間が小学校に現れて謎のメッセージを掲示板に残すという感じのストーリーだった。結末は、本当は透明人間などいなくて、六年生の女の子がいくつかのトリックを使って、透明人間がいるかのように演出していた、という、子供向きのミステリーだった。

物語の話自体にはさほど感心しなかったが、めぐるは子供たちの反応に心奪われていた。

みんな、わくわくしながら話の続きを聞いているのが、後ろから見ていても判る。あぐらをかいていた男の子は、途中から身を乗り出すようにして両手を前についていた。体育座りをしていた女の子の一人は、怖くなったのか、顔を両ひざにくっつけるようにして伏せていたが、結末にはほっとしたようで、隣の子と小声で何か言い合って笑っていた。そして十分ほどで読み語りが終わると、部屋全体が安堵《あんど》の空気に包まれ、ぱらぱらとのどかな拍手が起こった。男の子の一人が腰を浮かせながら他の子に「怖くなかったもんね」と言っていたが、表情には満足感がにじみ出ていた。

大島早知枝の読み方は実に見事だった。劇団をやっているだけあって、声に力があり、台詞《せりふ》は生き生きとした言葉となってすっと心に入ってくる感じだった。また、声《こわ》色《いろ》を変えて登場人物や地の文を使い分けていたので、目の前で演劇が繰り広げられているような気さえしてくる。素人が棒読みすれば、これほど子供たちの心を捉えることはできないだろう。

めぐるは、大島早知枝にあいさつするために、歩み寄った。

「大島さん、お疲れ様でした。すごくお上手なので、話に引き込まれてしまいました」

「いえいえ」大島早知枝は笑って頭を振った。「子供たちの反応を見るのが楽しみで、続けてるだけで」

ところであなたは何でここにいるの、という感じの顔で見返された。

「図書館で働いてる友人から、読み語りをやってみないかと言われて、今日は見学に来てみたんです。そしたら大島さんがいらっしゃったので、びっくりしちゃって」

「ああ、そうなんだ」大島早知枝は歯を見せて笑い、くだけた感じの口調になった。

「是非やってよ。歓迎するわ」

いえ、私にはちょっと無理のような気が、と答えるよりも先に、女の子の一人が大島早知枝にしがみついて「お母さん、本借りたい」と言った。

「はいはい、じゃあ借りに行こう」大島早知枝は女の子の頭をなでてから、めぐるに「いつでもいいから、待ってるよ」と言い残して、部屋から出て行った。

　天井を見ながらため息をついたとき、「あら、来てたんだったら教えてくれたらよかったじゃないの」という声がした。平山美緒が、部屋から出て行く子供たちを避けるようにして、出入り口から顔だけを覗かせていた。

「ああ……後で顔出すつもりだったのよ」

　めぐるは言いながら近づいた。

「子供たち、結構喜んで聞いてるでしょ。そういうのを体験して、病みつきになって続ける人もいるんだ」

「でも、私には無理」めぐるは顔をしかめて頭を振った。「さっきの人みたいに、あんなに上手にやる自信ないもん」

「あー、大島さんね。あの人は特別に上手い人だから、気にしなくていいのよ。何しろ、劇団も主宰してて、子供向けの人形劇もやってるっていう人だから。半分以上プロみたいなものよ」

「へえ、人形劇まで」

「でも他の人たちは、そんなに上手じゃないから、心配しないで。上手じゃなくても、丁寧に心を込めて読めば、子供たちにはちゃんと通じるものなんだから。魚貫ちゃんなら大丈夫。私が保証する」

「あんたの保証なんて、あてにならないでしょう」

でも、下手な人も多いというのなら、まあいいか。


その日から、めぐるは寝る前にノートパソコンに向かい、少しずつ物語をつづるようになった。幸か不幸か、文化記念館建設はいよいよ中止の方向に向かっており、仕事は当分、残務整理が続きそうだった。残務整理で残業することはあまりないので、自分の時間は増える。

一週間後、めぐるは市立図書館で読み語りデビューを果たした。対象は小学校高学年。オリジナルの物語はまだ完成していないので、図書館内で本を選んだ。基本的に何でもよい、子供が楽しめる話であればノンフィクションでも怪談でも構わない、とのことなので、アメリカの受刑者が犬の世話を通じて更生してゆく実話を朗読した。

その日集まった子供は九人。高学年と思われる子たちよりも、三、四年生ぐらいの子が多かったが、みんな真剣な表情で話を聞いてくれて、終わったときには何人かが拍手をしてくれた。直後、めぐるに近づいて来て「私の家でも犬、飼ってるよ。雑種だけど柴犬《しばいぬ》に近いやつ。オスで今四歳で、散歩に行くよって言ったら、うれしそうな顔になって同じ場所をぐるぐる回るの」と話しかけてきてくれた女の子がいたのが、妙にうれしかった。

後ろに立って見物していた平山美緒からは、「やっぱり、あんた向いてる。なかなかいい感じだったよ」と冷やかされた。

その後もめぐるは寝る前にこつこつと書き続けた。最初のうちは、読点の打ち方や改行のタイミングなどもよく判らず、のろのろペースだったが、日が経つうちに要領が判ってきて、パソコンのキーを打つスピードが増した。

大平和之から何度かメールで飲みに誘われていたが、今月はちょっと忙しいので、と引き延ばしていた。あんまり断ってばかりだと連絡が来なくなって、彼との縁も終わってしまうかもしれなかったが、今は物語を作ることをどうしても優先させたかった。めぐるは、駄目になったら、その程度の縁だったと思うしかないよ、と自分に言い聞かせながら、パソコンのキーを打ち、考え込み、また打った。

四百字詰め原稿用紙にして二十枚ほどの物語が完成したのは、書き始めてから二十日近く経ってだった。慣れない作業で疲れたが、充実した楽しい時間でもあった。その頃は既に、記念館建設の中止が本決まりとなっており、めぐるは毎日、宮内優奈と組んで委員の就任依頼をした人々への説明と謝罪をして回り、備品などのリストを作り、決算報告書作成の一部を分担するなどの仕事をこなしていた。やる気の出ない仕事だったが、残業がなくなり、物語を作る時間をもらえたことはきっと何かの導きなのだろうと思った。

めぐるはその原稿を平山美緒の自宅にあるパソコンにメール送信し、自分で作った物語をできれば読み語りに使ってみたいのだが、どうだろうか、と打診してみた。

約一時間後、入浴を終えて安物のソファに座って缶酎ハイを飲みながらテレビのスポーツニュースを見ていたときに携帯が振動した。

平山美緒の第一声は「あれ、本当にあんたが書いたの？」だった。

めぐるは、おじいちゃんが行方不明になった実体験を交えて創作したものだと説明したが、彼女はなかなか信用せず、「うそだー」「だって私、途中で泣きそうになったんだよー、あんたがそれを書いたってのー？」などとケチをつけた。

「泣きそうになったってかい。だったら泣けよ」

「いや、それはまあ、いいじゃないの。しつこいようだけど、本当にあんたが書いたのね」

「そうだよ」

「うへぇ。あんたという人間を見くびっておりました。失礼つかまつった。ところで魚貫殿、そなたの『おじいちゃんと海』という、ヘミングウェイの『老人と海』を意識したかのようなベタなタイトルのお話でござるが、市内の小学校に出向いての読み語りを所望したい」

「はあ？　ちゃんと普通に言いなさいよ」

「図書館だと人数少ないから、もったいないって言ってるの。年休取って、小学校に出向いて、クラス全員の前でやってもらうから、そのつもりで。本当は、今すぐそっちに飛んでって、あんたに抱きつきたい気分だけど、面倒臭いからやめとく」

「いらないよ、こっちも」

「とにかくおめでとう。近いうちに、この前の埋め合わせも兼ねて、たらふく飲み食いさせてあげるからね。今日は私、もっかいこの話を読み直して寝ることにするから」

　電話が切れた後、じわじわと温かなものがこみ上げてきた。

　缶酎ハイを手に、ベランダに出るために、サッシ戸を開けた。つっかけをはこうとしたが左足がうまく入らず、よろけてしまって缶酎ハイを落としてしまい、ベランダに泡立った液がこぼれた。

「あーっ、もうっ」と毒づいて缶を拾い上げる。まだ少し残っていた。

　ベランダの手すりにその缶をいったん載せたが、落としたらまずいので持ち直した。めぐるが住んでいるのは六階だが、周囲にはマンションが多いため、遠くまでは見通せない。

　夜空は曇っていて、星も月も見えなかった。その代わり、幾重にも層をなす雲の中を、赤く点滅する数個の光がゆっくりと移動しているのを見つけた。飛行機だろう。

夜の海に、おじいちゃんのボートが漂っている場面を重ねた。おじいちゃんは、何日も漂流したけど、たくましく生きていて、もうすぐ帰ってくるところなのだ。

おじいちゃんと、お好み焼き屋さんに行ったときのことを思い出した。おじいちゃんははけでソースを塗りながら、こう言った。

どんな仕事でも、どんな人生でも、楽しいこともあれば嫌なこともある。めぐるなら大丈夫、これでよかったんだと思うときがいつか必ず来るから。

おじいちゃんの言うとおり。もしかしたら偶然のいたずらで、他の仕事に就いていたかもしれない。結婚して家庭を持っていたかもしれない。でもきっと、それぞれにいいことがあり、嫌なことがあったはずだ。

とにかく今はいい気分。

これでよかったんだ。

めぐるは残り少なくなった缶酎ハイを曇った夜空に掲げてから口をつけた。

第二幕　待った女

めぐるは幼稚園の前で自転車を停め、前の座椅子から万太《まんた》を降ろした。万太はいつものように、すぐに門を通り抜けて、藤棚の下にある砂場の方に走って行った。めぐるはその背中に向かって「この前みたいに砂を人にかけたら、置いて帰るよ」と声をかけたが、万太は振り返りもしなかった。長男の仁平《じんぺい》は最初のうち幼稚園に行きたがらなかったが、次男の万太は逆に、来年の入園が待ちきれないようで、しょっちゅう「来週から幼稚園？」と聞いてくる。

自転車を押して開いている門を通り、登り棒の後ろ側へ。既に他の母親たちの自転車が何台も並んでいたので、少し遠い場所に停めなければならなかった。

園内のあちこちにいる母親たちは、各グループに分かれて立ち話をしていた。女はグループを作るのが好きな生き物だが、めぐるは子供の頃からそういうのが苦手で、どのグループにも深入りしないで距離を置くことが多い。それはそれで、グループが苦手だという同類の友達ができるので、孤立することはあまりない。

何人かの母親仲間の姿を探しているうちに、金山《かなやま》さんから「あら、大平さん」と声をかけられた。あまり話したことのない相手だが、彼女の息子が仁平と同じクラスだということは知っている。すらりと細くて、愛想がいいのだが、どこか抜け目がない人、という印象を持っている。

「あ、こんにちは、金山さん。今日はいい天気ですね」

「そうですね。このところ小雨が続いて、洗濯物が乾かなくてコインランドリーに持って行かなきゃいけなかったけど、今日は外に干せたからよかったわ」

「ええ、本当に」

「この前の運動会、お疲れ様でした」

「ああ、どうも。金山さんも」

二週間ほど前に幼稚園の運動会があり、めぐるは体育館にテーブルや椅子を並べたり、片づけたりする作業を担当した。金山さんは確か、競技用具の担当だった。

「さっき、小さい子と一緒に入って来られたのを見たんですけど、下のお子さん？」

「はい。来年からこの幼稚園でお世話になる予定です」

「へえ、じゃあお兄ちゃんが年長さん、弟君が年少さんになるのね」

「ええ……」

そんな話が目的で話しかけてきたわけではないはずだ、と思っていると、案の定、金山さんは「大平さんところのご主人、早浦製薬の社員をなさってるって聞いたんですけど、そうなんですか」と言った。

「はあ……」

「へえ、すごいですね。そんな地元の優良企業にお勤めだなんて。うちなんか、肥料作ってる小さな会社だから、お恥ずかしい限りだわ」

「いえいえ、何を。うちの人が早浦製薬を作ったわけじゃないから。ただ雇ってもらってるというだけで。仕事も地味な営業ですよ」

実際には、今年の春から子会社の早浦食品に出向しているのだが、面倒なので省いた。

「大平さんも以前、社員だったって、ちょっと小耳にはさんだんですけど、そうなの？」

「はい。三年ほど働いてました」

「正社員？」

「ええ」

「へえ、ご夫婦そろって優秀でうらやましいわ。私なんか早浦商業高校だから」

学歴の話までする気か、と身構える気持ちになったが、金山さんは「じゃあ、職場結婚して、退社されたわけですか」と聞いた。

「結婚した後もしばらく働いてたんですが、上の子ができたのを機に」

「ああ、なるほど。共働きになると、家事や子育ての負担はたいがい、女の方に押しつけられちゃいますからね。あら、そろそろ子供が出て来るみたい」

用件は終わったということか、金山さんはそれだけ言うと踵《きびす》を返した。しかし彼女はなぜか、子供たちがいる園舎とは違う方に向かった。

理由はすぐに判《わか》った。金山さんは体育館の日陰に集まっている母親グループに合流して、何やら話を始めた。子供を同じスイミング教室に通わせているグループだ。母親の何人かがちらっとこちらを見て、すぐに顔を背けた。さしずめ金山さんは、あのグループの使い走り、というところか。

めぐるは「そんなこと聞いて何になるってのよ、ったく」とグループに向かって言った。もちろん絶対に聞こえない声で。そして、視線も向けないで。

子供たちが出て来たので、めぐるは砂場の方に行き、プラスチックのスコップでせっせと穴を掘っている万太に「兄ちゃんが出て来たから帰るよ」と声をかけたが、万太は「まだ遊ぶー」と言った。無理にやめさせようとするとかんしゃくを起こすことがあるので、めぐるは「じゃあ、お母さんが心の中で百数えるまでね」と言っておいた。このやり方だと、しぶしぶながらスコップを手放してくれることが多い。

砂場の近くに立って仁平の姿を探していると、娘の空《そら》ちゃんと手をつないだ大島さんの姿が目に入った。トレードマークのバンダナは、今日は茶色に白い蔓草《つるくさ》模様だった。

大島さんの方も気がついたようで、互いに手を振った。めぐるにとっては数少ない母親仲間の一人である。

砂場に万太がいることに気づいた空ちゃんが、大島さんから手を離して走って来た。

空ちゃんはめぐると「こんにちは」とあいさつをし合ってから、「万太君、トンネル掘り?」と、万太の向かいにしゃがんだ。万太は「トンネルじゃない、ダム」と答え、空ちゃんは「へえ、上手だね」と言った。空ちゃんは万太を割とかわいがってくれていて、ときどき母親のような口調で万太をほめたり注意したりする。女の子という生き物は、この年で既に母性が宿っているのだろうか。

めぐるが「来てることに気づかなかったよ」と言うと、大島さんは「さっき来たとこだよ」と言ってから、「さっき金山さんから何か聞かれてたみたいだけど」と少し険しい顔になった。

「夫の勤め先を聞かれた」

「やっぱり」大島さんはしたり顔でうなずいた。「あの人たち、好きだねえ。私も前に、夫がいるのかどうかを遠回しに聞かれたよ。だから、そんなこと聞いてどうするつもりですかって言ってやったら、むっとした顔になって、そのまいなくなっちゃった。それ以来あの人、私を見ると露骨に無視しやがんの」

大島さんは口の端を歪《ゆが》めて「けけけ」と笑った。めぐると違って大島さんは気が強くて、ずけずけとものを言うところがある。母親グループも遠巻きに見ている孤高の存在。彼女は「天空の迷路」という劇団を主宰しているというが、こういう性格だからこそかもしれない。舞台に立つ彼女を見たことはないが、力強い視線で迫力のある演技をするのだろう。

「ところで、読み語り、次はいつの予定？」と大島さんが話題を変えた。「私は今度の土曜日。キッズルームで低学年向きの話を読むから、よかったら、仁平君と万太君、連れて来てよ」

彼女は〔おおしま〕という古めかしい感じの喫茶店を経営してもいるのだが、全然忙しくないとのことで、ちょくちょくバイトに店番を頼んで、読み語りのボランティアにいそしんでいる。

「土曜日ね、判った。私は明日、近所の小学校に行くことになってる。二年生」

「下の子はどうすんの？」

「学校側が、連れて来ていいって言ってくれるから」

「へえ、そうなんだ」

めぐるは最初のうち、どちらかというと大島さんの鋭い目つきが苦手で避けるようにしていたのだが、市立図書館や小学校で童話などの読み語りをするボランティア活動で一緒になり、徐々につき合うようになった。大島さんは、劇団をやっているだけあって、プロの声優みたいによく通る声で朗読をし、登場人物の声色《こわいろ》も変えるので、まるでラジオドラマを聴いているような気分にさせられる。なのに不思議とコンプレックスを感じないのは、実力に差があり過ぎて対抗心が芽生えるところまでいかないからだろう。大島さんも、他人の朗読方法について上から目線で注意するようなことはしない。

そのとき、「仁平君のお母さん」と空ちゃんがめぐるを見上げた。「仁平君ね、今日ね、頭にのりをつけて先生に怒られたんだよ」

「頭にのり？　食べるのり？」

「ううん。紙をくっつけるのり」

大島さんと顔を見合わせててから、「悪いけど、ちょっと万太をお願い」と頼んで、園舎に向かった。

仁平は、下駄箱の前にある手洗い場にいた。肩にタオルをかけた担任のいずみ先生が仁平にお辞儀の姿勢をさせて、頭を水で流しているところだった。いずみ先生はめぐるよりも年下だが、ここの保育士さんの中ではベテランの一人である。

めぐるに気づいたいずみ先生は「あ、こんにちは。仁平君が頭にのりをつけちゃいまして」と苦笑しながら水道を止め、肩にかけていたタオルで仁平の頭を拭き始めた。目を閉じて頭を左右に揺らしている仁平を見て、何だか腹話術の人形みたいだなと思った。

「仁平が自分でやったんですか」

「ええ。他の子たちが騒ぐのが面白かったらしくて」

この子は、以前もハサミで自分の髪を切ったり、赤マジックペンで鼻血を描いたりした前科がある。お陰で、変わった子、という感じで見られるようになってしまい、ますます母親グループから好奇の目で見られている。

「他の子供さんに迷惑をかけるようなことはなかったでしょうか」

「それはありませんでしたが……女の子の何人かが心配してました。仁平君の頭が、かちかちになっちゃうんじゃないかって」

「あの、のり、というのは……」

「チューブに入ってる紙用ののりです。水で溶けるタイプのものなので、流せば大丈夫だと思います」

「どうもご迷惑をおかけして、すみません」めぐるはいずみ先生に頭を下げてから「仁平。何でそんなことやったの」と問い質《ただ》した。

「よく判んない」

「よく判んない、じゃないでしょ。あ、先生、私がやります」

いずみ先生に代わって、めぐるがタオルで頭を拭くと、仁平が「痛っ」と言った。

「もうだいたい落ちたと思うのですが、できたらおうちでもう一度、お湯で洗い流すよう、お願いします。あ、こんにちは」いずみ先生は、他の母親にあいさつをした。

「タオルは後日お返しいただければ結構ですので」

「どうもすみません」めぐるはタオルをかぶったままの仁平の後頭部を押しながら、一緒に頭を下げた。仁平がまた「痛っ」と言った。

タオルを仁平の肩にかけ直して、手をつないで砂場の方に戻った。

「何が、痛っ、よ。お母さんの心の方が痛いわよ。もう頭にのりをつけません。言いなさい」仁平が言わないので、「ほらっ」と握っていた手を強く振って促した。

「もう頭にのりをつけません」

「あと三回」

仁平が、だらだらと三回復唱した。めぐるが「判ったわね」と念押しすると、仁平は、「判ったわね」を三回復唱して、にたっと笑った。こういうところだけは機転が利く。

待っていた大島さんが、あきれたような、同情するような感じで肩をすくめた。

万太を前の座椅子に、仁平を後ろの荷台兼用の座椅子に乗せて、自宅に戻る途中、交差点に立っていた太り気味のお巡りさんに遭遇した。あっ、と気がついて方向転換しようとしたが、お巡りさんから「あ、奥さん、ちょっと」と手招きされた。

自転車を降りて押して近づくと、お巡りさんは、露骨に顔をしかめて「奥さん、普通の自転車での三人乗りは法律で禁止されてるんですよ、ご存じでしょう」と言った。

「三人乗りをするときは、それ専用の倒れにくいやつを使っていただかないと」

そんなことは判ってる。だがそれ用の自転車は値段が高過ぎるし、前から使っていた自転車を無駄にしたくはない。今まで、この自転車の三人乗りで転んだこともない。

だが、そんなことを言っても無駄だ。違法であることは間違いない。

ちらと見ると、前の座椅子に座っている万太が、引きつった顔でお巡りさんを見上げていた。仁平もだった。お母さん、お巡りさんに逮捕されるんじゃないかと思っているらしいので、つい笑ってしまった。

「何がおかしいんです」

お巡りさんが、ますます険しい顔になった。まずい。

めぐるは意識して笑顔を作った。

「専用の自転車、先週注文したんです。でも、まだ届かないんですよ。だから、それまでの間だけ、と思って」

うそをつけ、という感じの冷めた表情で、お巡りさんは両手を腰に当てた。

「たとえそうだとしてもですね、普通の自転車で三人乗りは認められませんよ」

口論をしても無駄だと判ってるので、めぐるは「はい、すみません」と頭を下げた。

何となく視線を感じたので横を見ると、信号待ちをしていたタクシーの後部席から、いかにもキャリアウーマンという感じの黒っぽいスーツ姿の女性が、おかわいそうに、という感じの視線を送ってきていた。

何よ、あんたに子持ちの主婦の大変さが判るっていうの。ジーンズにパーカーじゃないと、子育てなんてできないのよ。めぐるは、ふん、という感じで目を背けた。

お巡りさんが「お宅まで、どれぐらいありますか」と聞いた。

「あと三百メートルぐらいです。ええと、向こうに見える動物病院のところを入って、その前を通り過ぎてから左折して、突き当たって右に曲がって、その突き当たりです」

言ってから、家の場所まで教えることはないだろうにと思った。

「お手数ですがね、奥さん。ここから先はお子さんを一人降ろして、歩いてお帰りください。この自転車で三人乗りをしていて、万一事故に遭ってお子さんが怪我でもしたら、事故の相手だけじゃなくて、奥さんも責任を問われることになりますよ」

「はい、判りました。自転車は押して帰るってことですよね」

「もちろんです」

「二人を乗せて、押して帰ってもいいんですか」

「お子さん二人を乗せて押すだけだと、かえってバランスを崩して転倒しやすいんです。ですからお子さんは一人降ろしてください」

「あ、はい。判りました」

めぐるは仁平のわきに両手を差し入れて降ろした。お巡りさんは、自転車を押さえていてくれたが、「奥さん、固定用のベルトもしてなかったんですか」とさらに注意された。実際には、ベルトの連結部分が壊れていたのだが、めぐるは「あ、うっかりしてました、すみません」と言っておいた。

万太を乗せた自転車を押して横断歩道を渡った。横を歩く仁平に「お母さんが逮捕されると思って、びびってたでしょ」と言うと、仁平は「うん。緊張したー」と真顔でうなずいた。万太が「お母さんは逮捕されないよ。だって泥棒じゃないから」と言った。

横断歩道を渡り終えて左に折れ、しばらく歩いてから振り返ると、さっきのお巡りさんが女性に道を尋ねられたらしく、めぐるたちとは反対方向を指さしてしゃべっていた。女性は光沢のあるワインレッドのジャケットにミニスカートという派手な格好で、金色のショルダーバッグを肩にかけていた。この距離からでも、お巡りさんが笑顔だということが判った。

めぐるは、右に折れて動物病院の前に来たところで「仁平、ほら、乗って」と促して抱え上げ、後方の座椅子に乗せた。仁平が「お母さん、お巡りさんに逮捕されるよ」と言ったが、めぐるは「されないわよ、これぐらいで」と答えて漕ぎ出した。

小さい子供が二人いて目を離せない上に車を持ってない主婦は、外に出かけるなってことかよ、ったく。

帰宅して子供らに手を洗わせ、おやつのプリンをダイニングのテーブルで食べさせている間に洗濯物を取り込んだ後、トイレに入ったが、便座に腰を下ろした途端、万太の泣き声が聞こえてきた。また兄弟喧嘩だ。

めぐるは「仁平」と言ったが声が届かなかったのか、返事がないので、さらに大声で「仁平っ」と呼んだ。

足音が近づいて来て、万太が「仁平がバーカって言った」と報告した。

「何でそんなこと言われたの」

「プリン落とした」

「どこに」

「下に」

「何で落とすの。お皿に載せて出しといたでしょうが。スプーンも一緒に」

叱りながら、自分の尿がじょぼじょぼと落ちる音を聞いている。間抜けな光景だ。

「仁平が、お皿を手に持って食べたから、僕もやったら落ちた」

「何でわざわざ皿を手に持つのよっ、テーブルの上に置いたまま食べるのが当たり前でしょうがっ」

万太がまた泣き出した。あーっ、もう。トイレぐらいゆっくりさせてよ。

トイレから出てダイニングに戻ると、万太が四つん這《ば》いになって床に落ちたプリンを食べていた。ほとんどなくなっている。めぐるが「あーっ」と声を張り上げると、万太がびくっと身体を震わせ、また泣き出した。

「何て食べ方してるの、落ちたもの食べたら駄目でしょうが」

仁平が「この前、チョコを落としたときはお母さん、食べろって言ったよ」と言った。

「ああいう硬いものは、家の中だったら拾ってまた食べてもいいの。プリンは駄目に決まってるでしょうがっ。そういう食べ方は犬食いっていうのよ。後でしっぽがはえてきても知らないわよ」

ちょっとした脅しのつもりだったが、仁平の顔色が変わり、「本当?」と聞いた。しまった、と思ったときにはもう遅く、万太の最大ボリュームの泣き声が響いた。

おやつの後、子供たちは録画撮りしてある『ウォレスとグルミット』を見始めたので、めぐるは一人で買い物に行くことにした。

「お母さん、ちょっと買い物に行って来るから、喧嘩しないでお利口にしてるのよ。誰か来たら、母さんは買い物に行ってますって言うのよ。仁平」

また返事をしない。リモコンを手にしてテレビを消した。

「あーっ」とむくれ顔で振り返った仁平に、もう一度同じことを言い、「はーい」という返事を聞いてから、テレビをつけ直した。

いつも行くスーパーよりも足を延ばして、一キロほど先にある大型スーパーに行った。ここはホームセンターも併設されており、自転車コーナーがある。

以前、他のホームセンターの園芸コーナーでアルバイトをしたことがあるので、なつかしくなって草花が並んでいる方に足が向き、しばらく見て回ったが、ゆっくりしている暇はないと思い直して、自転車コーナーに移動した。

三人乗り用の自転車が数台あった。最初から座椅子が付いていて、見るからに重心が低くて頑丈そうな造り。予想どおり、値段が高い。今使っている自転車の二・五倍ぐらいする。かなりの出費だ。

一応、夫の和之に相談した方がいいと思い、ジーンズの尻ポケットから携帯電話を出して、メールを送った。電話だと、仕事の邪魔になる可能性がある。

夕食用の買い物を終えて、エコバッグに詰めているときに携帯が振動した。

「何なの、このメール」と和之が言った。「三人乗り自転車買っていいかって」

「幼稚園の帰りに、お巡りさんから止められて、その自転車で三人乗りをするのは法令違反だって言われたのよ」

「はあ？　そんなもん、はい判りましたって言っときゃいいだろう。警官がずっと君を監視してるわけじゃないんだから、しれっと今の自転車を使えばいいんだよ、そんなもん」

和之は、早浦食品に出向になってから、給料が二割近く下がった。家のローンもあるので家計は楽ではない。それは判っているが、三人乗り自転車は買うべきだ。

「今度見つけたら交番に来てもらいますって言われたのよ」

もちろん方便である。

「見つかったら、そのまま走って逃げりゃいいだろうが。警察だって暇じゃないんだから、母子の三人乗りを追いかけたりはしないって」

「じゃあ、何。このままこそこそと法令違反の三人乗りを続けろって言うの。子供たちに何て言えばいいのよ。さっきお巡りさんに止められて注意されたとき、仁平も万太も、顔が強張《こわば》って固まってたのよ。お父さんから子供たちに説明してくれるんでしょうね」

「あーっ、判った、判ったって」和之が投げやり口調になった。「だったら買えよ。俺の意見なんか、最初から採用する気なんてないんだったら、いちいち聞かないで勝手に買えばいいだろうが。こっちは仕事中なんだぞっ」

めぐるは、切れた携帯に向かって「こっちだって仕事中よっ、馬鹿」とののしった。

近くにいた幼稚園児ぐらいの女の子が目を丸くして見ていた。その子の手を、おばあちゃんらしき女性が「マヤちゃん、ほら、あっち行くよ」と、逃げるように引いて行った。

店にある中で一番値段が安い三人乗り用自転車を選んで、五十代くらいの女性店員にこれをと頼んだが、いざカードを出して支払いをしようとしたときに、「配送になさいますか。それともこのままお乗りになってお帰りに?」と聞かれた。配送でと頼むと、配送料が別にかかるという。自分で運転するのなら、配送用の軽トラックを無料でお貸しすることもできますが、とも言われたが、めぐるはペーパードライバーで十年近くハンドルを握っておらず、怖くてそんなこと、とてもできない。

そのとき、家の近所の国道沿い、葬儀会社のすぐ隣に個人経営の自転車屋さんがあったことを思い出した。確か、仁平が乗っている補助輪付き自転車も、義父がそこで買ってくれたはずだ。あそこだったら配送料のことを考えなくていい。

めぐるは「悪いんですけど、また出直すことにします」とカードをしまい、エコバッグを抱えて自転車コーナーを後にした。

走っている途中で雨が降りだした。幸い、小雨だったが、自転車屋にたどり着いたときには、髪がじとっとなり、グレーのパーカーの両肩も水を吸って色が変わっていた。

その自転車屋には、三人乗り用は二台しか置いていなかった。どちらも、さっきホームセンターで買おうとしたものに配送料を加えた値段よりも高い。もう少し値引きできないかと言ってみたが、七十ぐらいのおじいさん店主は、「これより下げると利益が出んのですよ」と、にたにた笑うのみ。めぐるはため息を飲み込んで、カードを取り出した。無駄足を踏んだ挙げ句、高い買い物になってしまった。

店の前を選挙カーが通った。名前を連呼して、市政を二期担った、とかいう言葉が聞こえたため、現市長だと判った。自転車を漕いで回れば、車を持っていない主婦の支持も得られるだろうに。

防犯登録などの手続きをしている間に雨はさらに強まり、家にたどり着いたときは髪から顔に水滴がしたたり落ちていた。

子供ら二人と夕食を取り、一緒に風呂に入って身体を洗ってやり、寝かしつける前に、布団の上に座らせて、ひざの上で紙芝居を〔上演〕した。明日小学校で読み語りをする予定の紙芝居の練習を兼ねてのことである。低学年相手の場合は、文章を朗読するだけでなく、絵本を見せながら読んでもいいし、紙芝居を使ってもいいことになっている。紙芝居は市立図書館の児童コーナーでいつも借りている。めぐるが今回使う予定なのは、親からはぐれた子供のカバがさまざまな危険に遭遇しながら強くなっていく、という内容のものだった。

ここ数日、同じ紙芝居の話が続いているので、仁平も万太もさほどうれしそうではなかったが、一応おとなしく聞いてくれた。

子供らに「おやすみ」を言って明かりを消した後、紙芝居とCDプレーヤーを持ってダイニングに移り、録音したさきほどの紙芝居朗読を小さなボリュームで再生させた。間の取り方や強弱のつけ方などを修正するためである。夫の和之は、一円にもならないことをよくやるよなあ、などと小馬鹿にするが、めぐるはカネのかからない趣味だと思っている。

もともとは一年半ほど前に、市立図書館で読み語りボランティアの募集をしていることをたまたま知って、舌足らずでテンポの遅いしゃべり方を直せるかもしれないと考えてやってみることにしたのだが、予想に反して、そのしゃべり方がなかなかいいと他のスタッフたちからほめられてしまい、当初の目的は達せられないまま、今に至っている。その代わり、子供たちが話に身を乗り出したり、目を丸くしたり笑ったりしてくれる様子が面白くて、そっちの方にやりがいを見出して、続けている。独身時代から今に至るまでの間に、エアロビクス、スイミング、トールペインティング、社交ダンスなどに手を出したものの、飽きたり限界を感じたりしてすべて挫折《ざせつ》したが、この読み語りだけは続けられそうな気がしている。せめて一つぐらいは、他の人と自分はここが違うんです、というものを持っていたい。

キッチンで洗い物をした後、子供たちの様子を見に行くと、なぜか二人とも右手を挙げる姿勢で並んで寝息を立てている。シンクロナイズドスイミングかよ。しかも仁平は、パジャマのボタンを掛け違えている。

続いて、風呂場の脱衣所にある洗濯機を回すことにした。洗濯かごに入っている衣類をつかんで入れるときに、濡れたパーカーの湿り気が手のひらにじとっと伝わった。

条件反射的に、そういえば、あの日も急な雨に降られたんだったと思い出した。

頭の中で計算してみた。もう十二年前になるのか。

あの日の朝、めぐるは早浦市役所の職員採用二次試験に行く途中で突然の雨に襲われ、ビルの下で雨宿りしていた。濡れてもいいから駅まで走るか、もうしばらくその場で様子を見るか、それとも、来た道を引き返して駅よりは近いタクシー会社に駆け込むかの選択に迷い、結局その場でもうしばらく様子を見ることにした。

流しのタクシーが通ったらすぐに手を上げるつもりで、目の前の国道を流れ行く車を見つめていると、一台の白いマーチが目の前の路肩に停止してクラクションを鳴らした。訝《いぶか》っていると窓が下りて、「魚貫さんですよね、魚貫めぐるさん」と同年代の若い男から声をかけられた。真面目《まじめ》そうではあるが、はっとさせるような要素のない地味な顔を見て、何となく記憶にあるような気がしたがすぐには判らず、「大平です。

中学の放送部で一緒だった」と大声で言われてようやく思い出すことができた。そして思い出したと同時に、めぐるはビルの下から飛び出して、後部席のドアを開いて車に乗り込んだ。

事情を聞いた和之が、「よし、任せといて」と試験会場に向かって車を発進させてくれたときは、自分は何て幸運なんだろう、朝からどうも妙な感覚が続いていたけれど、それはこの運命的な出会いの予兆のようなものだったのかと思っていた。

運転中、和之は、早浦製薬に就職が決まったことや、大学時代のことをかいつまんで語ってくれ、こんな場所で会うなんてすごい偶然だと興奮した様子だった。

そして車は渋滞に捕まった。それまで順調に流れていたのがうそのように、とろとろと進んではしばらく停止しなければならない状態となり、他の車のクラクション音が何度も聞こえた。和之は、おかしいなあ、この時間にこの道はこんなに渋滞するはずがないんだけど、と言い、それから後は二人の会話が極端に少なくなった。

途中で二度、和之が「他の道に抜けてみる？　このままだと間に合わなくなるおそれがあるから」と提案した。その際彼は「早く行けるという保証はないけど」とつけ加えた。めぐるは二度とも「この道でいい」と答えた。雨宿りをしていて、そのままでいたから車に乗ることができた。その流れで、余計なことをしないでいた方が幸運をつかめるような気がしたからだった。

渋滞の原因は、派手な交通事故だった。大型トラックが横転し、何台かの普通車が玉突き衝突もしたようで、道路が塞がれ、警察の誘導で脇道に入って迂回《うかい》することになった。その後はまともに走ることができたが、試験会場に到着したのは開始時刻を十五分過ぎていた。

係官に事情を話したところ、交通事故による渋滞のことは知っていたようで、しばらく待たされてから、会場に入ることを許された。しかしそのときは既に小論文の開始時間から三十分近くが経過していて、用紙の半分ほどしか埋めることができず、しかも文章が尻切れトンボのまま、終了を告げるベルを聞くことになった。

その後の面接やグループディスカッションで大きなミスはなかったものの、小論文での失点が響いたのだろう、結局めぐるは不合格となった。一か月後にその会場の前に貼り出された合格発表の掲示板に自分の番号がないことを確かめた後、どうやって帰ったか、今も思い出せないでいる。

あの後しばらくは何もしないでアパートに引きこもった。携帯の番号を教えておいた大平和之から何度もかかってきたが、出ないで留守電だけを聞いた。吹き込まれていたのは、試験に遅れたのは自分にも責任がある、すまない、ということや、君なら来年きっと合格すると思うから、しばらく休んだらまた元気になって欲しいというものだった。めぐるはもちろん、和之のせいだとは思わなかった。交通事故による渋滞が原因なのだ。しかも、和之は途中で、他の道に抜けることを提案したのに、めぐるはそのままでいいと言った。あのとき、彼の意見を容《い》れていたら、間に合ったかもしれないのに。

運命の分かれ目は、そのときではなくて、別のときだったとめぐるは思っている。彼の車に乗ったときに、「南早浦駅までお願い」と言うべきだったのだ。そうすれば、渋滞に巻き込まれることなく、試験会場にたどり着くことができた。何となく、試験会場まで乗せてってもらう、という感じになったときに、少し違和感というか、ためらいを感じた。あのときに、その直感をもっと大切にするべきだったのだ。

和之からはその後も留守電やメールが来た。内容も、ありがた迷惑な励ましの言葉の代わりに、たわいもない近況報告などが来るようになったので、一度メールで返信した。試験に遅れたのは大平君のせいじゃないから気にしないでください、ということ、気を遣ってもらってありがとうということ、それから、でもあまり気を遣われると精神的にかえってきついから、できれば放っておいて欲しい、と。何となく、和之から好意を持たれているらしいと察してはいたが、そのときのめぐるはそういう気分にはなれなかった。相手が和之だったからではなくて、誰であっても同じだったと思う。その後、彼からの留守電やメールはなくなった。

その後何とか立ち直り、生活するためにホームセンターでのアルバイトを始めた。

母親とは電話で、深海市に帰って就職しろ、しないの話でもめて、仕送りはもう要らないと啖呵《たんか》を切ってしまったので、いつまでも引きこもりを続けることは物理的に不可能だった。それに、何か新しいことをして気を紛らしたいという気持ちにもなっていた。

ホームセンターでは園芸コーナーの担当になり、毎日少しずつ草花や野菜、土について知識を増やしてゆくうちに興味が高まって、仕事に充実感を覚えるようになった。同じ持ち場担当のおばさんとも仲よくなって、「作り過ぎたから」と言われて密閉容器に入れた煮物などをもらったりしたし、ガーデニング好きの常連客のおばさんたちからも「めぐるちゃん」と下の名前で呼ばれて、よくしてもらった。働き始めて半年ほど経《た》った頃には、店長から、正社員を希望するなら本社に口を利いてもいい、と言われ、半ば本気になった。その年も早浦市役所を受験するつもりでいたが、こっちの仕事の方が楽しいんじゃないかという気がして、心が揺れた。

和之から久しぶりに連絡があったのは、梅雨入りした頃だった。電話ではなくてメールで、早浦製薬が正社員を追加募集することになったので面接を受けてみないか、というものだった。折り返し彼の携帯にかけてみると、食品部門を強化することになったことに伴う追加募集だが、部長が君と同じ大学の出身なので、競争率は高いが望みがある、とのことだった。当時、子会社の早浦食品はまだ存在せず、早浦製薬の中に食品部があった。

早浦製薬といえば地元の有力企業。ホームセンターの正社員よりも確実に給与なども上。駄目でもともと、という、くじ引きのような気持ちで履歴書を送ったところ、面接の連絡が来て、その後すんなり内定をもらった。一か月後には正社員となり、二か月の研修を経て、食品部の総務課に配属された。主に担当したのは、部内会議や研修、社員の福利厚生だった。仕事は意外と残業や休日出勤も多かった。やりがいを覚えたり楽しいと感じたりもしなかったが、代わりに大きなストレスもなかった。ホームセンターの仕事を思い出すことはあったが、後悔というほどではない。通帳で給与の振込額を見るたびに、こちらを選んで当然だったと思ったし、実家の両親も、娘が早浦製薬の正社員になったということで、以前に比べると妙に柔らかな態度になった。めぐる自身も、旧友などにばったり会って、名刺交換をするときに、誇らしい気分になったことも確かだった。

薬品部の営業三課にいた和之とつき合うようになったのは、どの段階からがそうなのか、よく判らない。入社が決まったときに打ち上げをしようと言われて、居酒屋で飲んだ後、和之が知っているスナックでカラオケを歌ったときなのかもしれないし、その三週間ほど後に映画に行ったときかもしれない。その年のクリスマスイブにシティホテルで初めて一夜を共にしたときかもしれない。和之に恋愛感情を持つようになったのが、いつ頃からだったのかも、自分のことながら思い出せない。徐々につき合いが深まってゆき、それに応じて気持ちも傾いていった感じだった。だから、プロポーズの言葉などもなかった気がする。二年経ち、三年経って、周囲から、いつ結婚するのか、みたいなことを聞かれることが増えて、じゃあそろそろ、みたいな流れだった。

結婚後も八か月ほど仕事を続けたが、妊娠が判って、休職して出産するよりも主婦になる道を選んで退社。和之もそうして欲しそうなことは口にしていたが、強要されてのことではなかった。共働きで子育てをする自信がなかった、というのが最大の理由だった。他人よりもとろいところがあることは自覚していたし、残業などが続くとすぐにくたっとなって、帰宅すると寝るだけになって他のことができなくなるぐらいだから、仕事も子育てもエネルギッシュにこなす人にはとてもなれない、とも思っていた。心のどこかで、別に楽しいわけでもない仕事とおさらばする機会を待っていたのかもしれない。

ところが、早期に流産してしまった。何が悪かったのか判らないが、産めない体質というわけではないし、まだ若いから大丈夫、と医者から言われた。しかしその後、なかなか妊娠しなくなってしまい、一時期は双方の親や近所の奥さん連中から善意のプレッシャーをかけられて精神的に不安定になり、十キロ近くやせた時期もあった。

不妊治療に通っていた産婦人科の待合室では初対面のおばさんから「先祖に悪いことをした人がいたからよ」と真顔で言われたりもした。和之は「気にすることない」と言ってくれはしたが、仕事が忙しくて毎日帰宅が遅く、じっくり話し相手になってもらえず、孤独感が募った。

壊れそうになっていためぐるを救ってくれたのは、昔の仲間の顔を見たくなって訪ねたホームセンターで見つけて衝動買いした二匹のまだら模様のランチュウだった。ランチュウは、丸っこくて、背びれがなくて、胸びれが手のように見える。おじいちゃんが自転車屋で飼っていたのもこれだ。上から見ると、不器用な泳ぎ方がかわいい。めぐるはその二匹を小型のたらいに入れて、玄関ポーチで飼った。鳥などにつつかれないよう、金網をかぶせ、日よけ用の板も置いた。一日に何度も玄関ポーチにしゃがんで二匹に話しかけ、愚痴を聞いてもらったり、テレビドラマの感想を話したりした。人が見たら、危ない女でしかなかっただろうが、あのお陰で壊れないで済んだのだと思っている。

その間に、会社の融資制度を利用して、ローンで一軒家を購入した。こぢんまりしてるとはいっても二階建てで、狭いながらも庭や車庫のスペースもある。新居への引っ越しを終えたときに和之が「これで後戻りはできないな」とつぶやき、それをめぐるは聞きとがめて、どういう意味なのよ、別れたかったの、と突っかかり、派手な口論をして数日間口を利かなかった。後で和之が説明したのは、仕事がどんなにつらくても辞めることはできないぞと自分に言い聞かせた言葉だ、とのことだった。

不妊治療の成果なのかどうかは不明だが、流産の後二年ちょっと経って、ようやく再び妊娠した。暑い日が続く夏だった。産婦人科で妊娠を確認したときはなぜか、また流産するのではないかという不安を感じなかった。そしてそのことと関係があるのかどうか判らないが、翌朝、かなり大きくなってきていた二匹のランチュウが死んでいた。和之は、昨夜はかなりの熱帯夜だったから水温が上がり過ぎたんだろうと言っていた。めぐるは二匹を庭の小さな花壇の隅に埋めた。

仁平を産むときは少々難産で、陣痛に苦しんだ。ラマーズ法で呼吸を整えているときに何度か、ランチュウが口をぱくぱくさせている様子を思い出していた。

二人目の妊娠が判ったときに、和之に転勤の打診があった。新幹線に乗って三時間かかる他県の営業所に二年。上司からは、嫌なら他の適任者を当たるから早めに返事をと注文をつけられたという。めぐるは「お父さんが決めればいいよ」と、和之に任せたところ、彼は迷いに迷った末、結局転勤を断った。そのとき彼は、子供の寝顔を見ないと元気が出ないから、と言っていたが、少し後になって、転勤先で待っている上司のことを本社にいたときに見聞きして知っており、やたらと部下を怒鳴りつけるタイプの人で、その下で仕事をこなす自信がなかったからだと打ち明けられた。和之は、人当たりがよくて仕事も真面目だが、確かにそういう強面《こわもて》タイプを苦手にするところがある。中学生のときには、原因は知らないが体育教師から大声で叱られて震え上がって今にも失神しそうな和之を見たことがあるし、新婚時期には、街の雑踏の中で足を踏まれたと怒り出した中年男性に対して何も言い返せず、強張った顔で固まっていたということがあった。大学生のときには、同じアパートに住んでいた空手部の先輩から、音楽がうるさいとビンタを食らい、怖くなって引っ越したというヘタレなエピソードも聞いたことがある。彼は上に姉が三人いる末っ子で、家族みんなから甘やかされて育ったせいかもしれない。和之がそういうキャラクターなので、口論になっても暴力を振るわれたことはないが、いざというときに頼りにならないだろうな、というあきらめに似た気持ちも持っている。

転勤を断った和之は、お客様相談室への配属を命じられた。電話で顧客からのクレームを聞いて謝り、説明して納得してもらう仕事である。転勤を断ったことでメンツを潰されたと感じた上司による報復的人事らしかった。和之は最初の一か月ぐらいは顔色が悪く、口数が少なくなり、夜もあまり眠れないようだったので、めぐるもさすがに心配したが、やがて仕事に慣れてきた、ということなのか、その後は徐々に元気を取り戻すようになった。和之によると、自分は俳優で、お客様相談室の社員という役柄を演じているだけ、と思うことにしたら、それほど辛《つら》くなくなってきた、とのことだった。また、最初は怒鳴っていた相手も、何度も相手にしているうちに、「ああ、昨日電話したときのあんたか」と親しげに言われたり、最後には誤解が解けて逆に謝ってもらったりということもあり、充実感を覚えることもあるという。上司からノルマ達成などについて怒鳴られるのと違って、知らない人から電話で言われるだけだから、他人事のような感じで応対すれば大丈夫だと判った、とも言っていた。芯のところは案外強い男なのかもしれない。

その後、和之は、食品部の業績が期待したほどには伸びないという理由で本社から切り離されて子会社となった早浦食品に出向となった。勤務先も本社とは別になり、市の郊外にある、二階建ての中古物件が社屋になった。出向の内示が出たとき、何年後に本社に戻れるとは言われなかったので、もしかすると戻れないかもしれないということだ。不景気続きで、倒産やリストラが珍しくない時勢なので、仕方がないのだろうが、給料が二割近く下がってしまい、二人の子供が大きくなってくるにつれて教育費だの何だのと支出がかさむようになったときに大丈夫なのだろうかという漠然とした不安はぬぐえない……。

洗濯機から終了を告げる電子音が聞こえた直後に、玄関ドアが開く気配があった。ダイニングで家計簿をつけていためぐるは、壁にかかっている時計を見た。十一時前。

平日に和之が帰宅するのは、だいたいこれぐらいの時間だ。

迎えに出ると、和之は上着を脱ぎながら靴を脱いでいるところだった。めぐるはブリーフケースを拾い上げ、上着を受け取った。「おかえり」と言ったが、いつものように和之は「ああ」とだけ答えて、めぐると目も合わせず、横をすり抜けるようにしてダイニングに向かう。

ビジネスシューズから臭いが漂っていたので、靴用の消臭スプレーをかけた。

和之は、いつものように冷蔵庫から缶入りハイボールを出して、テーブルから椅子を引いて、どかっと座って口をつけた。

「何か食べる？」めぐるは上着を空いている椅子にかけて、ブリーフケースも置いた。何となくの習慣で、玄関でこれを受け取ってここまで運んでいるが、不要な作業なのではないか、和之が自分でやればいいことではないかと思っている。しかし和之はまだそのことに気づいてないようで、めぐるが受け取る素振りをしないでいると、「ほら」と、苛立《いらだ》った声で上着を差し出してくる。

「明日から三日間、また出張だ」と和之が言った。「例によって販促回りだ」

「福岡近辺？」

「うん。あっちこっち回る」

「日曜日、市長選だけど」

「多分、間に合わんな。別にいいだろう。どうせ現職の再選なんだから。それよか、カバン用意してあるよな」

「クローゼットに入ってる」

早浦食品は県外に営業所などがないので転勤はないのだが、代わりに営業担当者は出張が多い。スーパーやドラッグストアなどを回って早浦食品の商品を置くスペースを増やしてもらうよう頼むのが主な仕事だが、単に増やしてくれと頼んだところで先方も簡単に応じてはくれない。なので、酒類のコーナーに肝機能回復効果がある飲料を置いたり、スポーツ用品コーナーにサプリメント商品を置いたりすることで販売促進になると説明し、店任せにしないで自ら陳列作業をする姿勢が必要となる。求人誌を使って募集した現地アルバイトと合流して、試食コーナーをやったりもしている。先方に顔や名前を覚えてもらう必要があるため、受け持ち地区が決まっており、和之は九州北部を担当している。

和之は一度げっぷをして、ふーっとため息をついた。結婚前、一緒に飲んでいたときに和之は、うっかりげっぷをしてしまって「あ、ごめん」とバツの悪そうな顔をしたことがあったのだが、多分そのことは覚えていないだろう。

「会社、希望退職者を募る方針らしいよ。今んところ、五十代以上の管理職に早期退職を促すだけで、俺はまだ関係ないんだけどね」

「リストラってこと?」

「そういうことになるな。最近、うちの商品、伸び悩んでるから」

早浦食品が別会社としてスタートした頃は、スポーツ飲料も、洋菓子タイプのサプリメントバーもよく売れていたのだが、類似商品が出回るようになって価格競争となり、最近は苦境に立たされている。

和之がテーブルや椅子の上を何か探し始めたようだったので「どうしたの?」と聞いてみると、「リモコンは」と言われた。

「テレビのリモコンは、ほら、テレビ台の上」

「離れた場所から操作できるからリモコンなのに、何でテレビ台に置くんだよ」

和之は、ぶつぶつ言いながら椅子から立ち上がり、テレビ台からリモコンを取って来て、座り直してからボタンを押した。チャンネルをいくつか変えて、スポーツニュースを見つけてリモコンをテーブルに置いた。

「あ、自転車、今日買ったから。三人乗り用のやつ」

めぐるがそう言って、大手スーパーに入っているホームセンターで買おうとしたが配送料がかかると言われたことや、近所の自転車屋で結局買ったことなどを話したが、和之はテレビの方を見たまま、「ふーん」と気のない返事だった。しかし、値段を口にすると、目を丸くしてこちらに向き直った。

「そんなにしたのかよ」

「それでも一番安いのを選んだのよ」

「リサイクルショップとかを回ってみたら、中古のもっと安いのがあったんじゃないのか」

「市内のリサイクルショップには電話をかけたけど、どこにもなかったの。それぐらいのことはやってるわよ」

もちろん方便だった。和之と話をしていて、本当のことを言うと面倒なことになりそうだなと感じると、こういう作り話をすることが多くなった。

和之は「あー、判った、判った。もう買っちまったんだから、ごちゃごちゃ言いませんよー」と嫌味まじりな言い方をし、缶の残りを飲み干して、リモコンでテレビを消した。

「どれ、子供の寝顔でも見て来るか」

和之が階段を上がって行ったところで、めぐるは椅子にかかっている上着のポケットを調べた。密《ひそ》かな習慣。和之が浮気などをしている兆候は感じられないし、仮にそういうことをしようとしたところで、今の少ない小遣いでは女性に食事をおごることさえままならないだろうことは判っているが、いったん探り始めるとやめることができない。和之は女性に対して妙に優しい態度を取るところがあるので、絶対にないとも言い切れない。めぐる自身も彼から何度も誘われて飲食やデートに応じるようになったし、最初は好印象ではなかったのが、つき合ううちに変わっていったという経緯がある。ハンサムでもスマートでもないが、案外、女性が心を許すタイプのような気がする。

財布、名刺入れなど、異状なし。ついでにブリーフケースから携帯を出して、着信履歴などをチェックした。こちらも不自然な点なし。自分が安心したいから、というより、夫が仕事の話をあまりしたがらないので、代わりにこういうことをして垣間見《かいま》たいのかもしれない。そう考えることで、罪悪感を減らそうとしているのだろうか。

階段の足音が聞こえたので、ブリーフケースを閉じた。テーブルの上の空き缶を取って、キッチンに行き、水道で缶の中を軽く洗っている間に和之が戻って来た。

「仁平、今日、幼稚園で頭に工作用ののりをつけたのよ」

めぐるは言いながら、水洗いした空き缶を手で潰し、缶びん用のゴミ箱に入れた。

「工作用ののり？　また何で」

「今回も、あの子がときどきやる奇行だったみたい。他の子たちがそれを見てびっくりするのが面白かったんだって」

「またか」和之は苦笑しながら椅子に腰を下ろし、ネクタイを外した。「サプライズが好きな奴だな」

「赤マジックで鼻血を描いたり、ハサミで髪の毛を切ったり、ちょっとおかしな行動が多いような気がするんだけど、大丈夫かな」

「大丈夫だろ、別に」

「病院とか、専門機関みたいなところで診《み》てもらったりしなくてもいいかな」

「心配し過ぎだろう。俺が子供のとき、白い絵の具を歯磨きに見立てて口に入れて、気分が悪くなってゲロ吐いた奴とか、彫刻刀で自分の爪を削って血まみれになった奴とかいたけど、小学校の高学年になった頃には、どっちも普通にまともになってたよ」

　こっちだって本当はそんなに心配してるわけじゃないわよ。妻が心配してたら、お前と俺の息子だから心配ないよ、とか、人を驚かす才能がありそうだな、とか、ちょっとは優しい言葉をかけてくれればいいじゃないの。

　それを言うと、こっちは仕事で大変なのに、やっと帰宅してもくつろげないのか、などと返されて、険悪な感じになる。よそでは、妻の話を最初から全く聞こうとしない夫もいるそうだから、和之はまだましな方かもしれない。

「さ、風呂入って、もうちょっと酒飲んで寝よ」

　和之は独り言のような感じで言い、腰を浮かせた。

翌日は、早朝のうちに雨が降ったようだったが、和之が出張に出かける時間には晴れていた。和之がコロ付きのトランクケースを持って玄関に向かったので仁平が「お父さん、出張？」と聞き、和之が「そうだよ。お母さんの言うことをよく聞いて、いい子にしてろよ」と答えると、万太が「お父さん、ビーフジャーキー、ビーフジャーキー」とその場で飛び跳ねた。和之がいつも土産に持ち帰るビーフジャーキーが仁平も万太もお気に入りで、大平家の約束事になっている。実際には和之は、出張先ではなく近所のコンビニに立ち寄って買っているのだが。

「おいおい」和之が万太の頭を乱暴になでた。「お父さん、気をつけて行って来てねって言うもんだぞ」

するとすかさず仁平が「お父さん、気をつけて行って来てね」と言い、万太が「あーっ、俺が言うのに、仁平ずるいっ」と早くも涙声になって両手で押した。仁平がさらに強く押し返し、つかみ合いになった。

「こらっ、お父さんが出張に出かけるってのに、何で喧嘩してんだっ」和之は怒鳴り、二人を力ずくで分けた。「そこに座れっ」

仁平と万太をその場に正座させて、和之の説教が始まったが、いつも会社まで同乗させてくれる後輩の車がやって来てクラクションを鳴らしたので、「とにかく、しょうもないことでいちいち喧嘩をするんじゃない。判ったな」と言い残して、ドアを開けた。そのドアが閉まるときにトランクケースがはさまり、再びドアを引こうとして和之はドアを自分のひざにぶつけていた。

仁平を幼稚園に送るために、新しい自転車に仁平と万太を乗せたところ、二人とも「お母さん、これだったら車とぶつかってもこけない？」「古い方の自転車より速く走れるよね」などと妙に興奮していた。漕ぎ始めてみると、確かに安定感があったが、今まで使っていた自転車と感覚が違って何だか乗りにくく、安全だとは別に感じなかった。

交差点で信号待ちをしているときに、お巡りさんの姿を探したが、いなかった。代わりに、ママチャリにまたがった見知らぬ年輩女性が「こんにちは。お名前は？」と万太に声をかけてきた。万太が「マンタ」と答えると、「そんな名前じゃないでしょう」と笑って、めぐるの方を見てきた。

「万太ですよ。一、十、百、千、万の万に、太い、の字です」

「えーっ、また変わった名前ねえ。でも、この子は弟君じゃないの」

「そうですけど」

「弟なのに、太をつけるなんて、おかしいでしょ。長男につけるものでしょ。弟だったら次男の次とか、二とかをつけるものよ」

「ええ。昔の人はそうしてたみたいですね」

「昔とか今とか、そういうことじゃなくて、太というのは長男という意味なんだから」

信号が青になったので、めぐるは「じゃあ、どうもー」と遮《さえぎ》るように言って、おばさんを置いて漕ぎ出し、引き離した。

このまま相手をしていたら、子育て方法だの礼儀作法だの、長々と説教を聞かされる羽目になりそうだった。そういうのは自分の嫁にやって、どうぞ嫌われてください。


仁平を幼稚園に送って、園舎に入るのを見送ったときに、見覚えがある長身の若い母親から「すみません」と声をかけられた。名前は知らないが、確か年少組の男の子の母親だ。なぜか、手にペンとクリップボードを持っている。

「あのー、文化記念館建設の中止を求める署名を集めているんですが、ご協力いただけないでしょうか」

「はあ……何ですか、文化記念?」

「文化記念館です。今の市長が演劇や踊りなどのための新たなハコを作る方針でいるんですが、既存の施設を活用すれば足りることなので、税金の無駄遣いであり、そういうおカネがあるのだったら、市内の幼稚園を給食制度にするなど、もっと市民のニーズに応《こた》える方向に使って欲しい、ということで、建設中止を求める署名を集めてるんです」

そういえば、そんな建物を作る話があったような気がするのだが、興味がないので詳しいことは何も知らない。

「今は計画段階なんですか」

「ええ。建設予定地も今はまだ候補地がいくつかあるだけです」

差し出されたクリップボードにある紙を見ると、この幼稚園の保護者有志一同、という形で署名を集めているらしかった。紙をめくると、何十人もの署名が集まっていた。

文化記念館など、自分にはどうせ関係がない。関係のないことに税金が使われることに賛成する理由もない。だったら反対の署名をすればいいわけか。もっとも、こんな署名をしたからといって、ただちに文化記念館とやらの建設計画に影響するわけでもないのだが、多くの母親仲間が署名しているのに、拒んだりすると角が立つ。実際問題としても、そういう建設費用を、幼稚園の給食実現に使ってもらった方がありがたい。

「はい、いいですよ」

めぐるは署名欄に、住所と名前をボールペンで書き込んだ。それを見た万太が「俺も書きたい」と言い出した。

「これは大人だけ。あんたはまだ字が書けないでしょ」

「丸と四角と三角を描く」

「駄目。そういうのを描くためのものじゃないんだから」

万太が手を伸ばしてきたので、めぐるはボールペンを取られないよう、手を高く上げて、署名を求めてきた女性に返した。

万太が、わーっとわめきながら、頭をぶつけてきた。それがめぐるの恥骨に命中し、あまりの激痛に、身体をくの字に折ってうめいた。

何してくれるのよ……。

「お母さん、大丈夫?」万太が聞いた。

「大丈夫なわけないでしょ、痛いじゃないのっ、馬鹿っ」

万太が「わざとじゃないのにー」と、両手を目にやって泣き出した。

確かに、この子は抱きつこうとしただけだ。アクシデントだ。怒ってはいけない。

めぐるは自分にそう言い聞かせて顔を上げた。まだ痛い。

「万太。お母さん、本当は怒ってないから」

ふと見ると、署名を求めて来た彼女はもう目の前にはおらず、やや離れた場所で、他の母親にクリップボードを見せながら話しかけていた。

いったん帰宅し、洗濯物を干し、掃除をした。万太は録画の『トイ・ストーリー2』をまた観ている。この子は気に入ったもの数種類だけを繰り返し観る一方、興味のないものは全く観ない。掃除機をかけ始めると、万太は「聞こえないよー」と文句を言ったが無視。どうせ何回も観て、台詞などをほとんど覚えてしまっているのだから、聞こえなくても問題はない。

掃除機を切ったときに、テーブルの上の携帯が鳴っていることに気づいた。実家の母親からだった。「もしもし」と出ると、「なかなか出なかったわね。何してたの」と聞かれた。

「あー、ごめん。掃除機かけてたから、気づかなくて」

「お父さんの誕生日だけど、お父さん何も要《い》らないって言ってるから」

もうすぐ父親の誕生日だった。毎年、事前にリクエストを聞いて希望の品物を買って送るようにしているので、そろそろ連絡しようと思っていたところだった。去年はサンダル、一昨年は確か万歩計だった。

「欲しい物がないんだったら、缶詰とか、お菓子とか、適当に選んで送ろうか」

「そうじゃなくて、何も送らないようにってお父さん言ってるのよ。子供が二人いて、家計的に大変だろうからって」

「そんなこと心配しなくていいのに。たいして高価なものを送るわけじゃないんだから」

「お父さんが言ってたわよ。和之さん、子会社に出向になって、給料下がったんじゃないかって。お父さんの会社でも、そういうのあるらしいから」

「…………」

「やっぱりそうなの。大丈夫なの」

「大丈夫よ。そんな深刻そうな声で言わないでよ」

「お父さんの取引先の人、子会社に出向になって、そのままよその会社に譲渡されて吸収合併されちゃったんですって。その途端、リストラの標的にされて、応じなかったら、ものすごいいじめに遭って、ノイローゼになっちゃったそうよ」

「よその話でしょう、それは。早浦食品はそんなことないわよ」

「だったらいいけど、やっぱり心配じゃない。和之さん、最近元気がないとか、口数が少ないとか、そういうのない？　あんたが気づいてあげなくちゃいけないのよ。会社なんてそんなのお構いなしだから」

「大丈夫だってば」

「もし何かあったら知らせなさいよ。お父さんに頼んだら、再就職先、何とかしてもらえるかもしれないし」

深海市に来させようという魂胆だろうか。めぐるはため息をかみ殺した。

「やっぱり、あんたが早浦市役所に入ってくれてたらよかったのよねえ」母親は、過去に何度となく蒸し返してきた話題を口にした。「お役所だったら潰れないし、業績とか気にしないで仕事できるし」

「お母さん、悪いんだけど、人が来たみたいだから」

「パートとか、いいのがあったらいいんだけど、小さい子二人抱えてたら、なかなかないでしょ。あんたたちが深海市に住んでたら、うちで預かってあげられるのに」

「はい、はーい。ちょっと悪いけど、いったん切るね」

切る直前、母親の「お父さんに何も送らないでいいからね」という声が聞こえた。

話を聞いていたらしい万太が「お母さん、誰も来てないよ。うそついたな」と言った。

「うそじゃないわよ。誰かがドアを叩いた音が聞こえたもん」

「うそだー」

「じゃあ、お母さんの聞き間違いだったみたい。聞き間違いは、うそをついたのとは違うのよ。判った？」

本当に誰も来てないか気になったらしく、万太は小走りで玄関の方に行き、戻って来た。

「やっぱり誰もいなかったよ」

「じゃあ、お化けだったのかもよ」

「お化け？」万太の顔が引きつった。「怖いよー」

しまった。

「うそ、うそ。お化けなんかいないよ」

「あーっ、お母さん、うそついた」

万太が涙目で指さしてきた。面倒臭いガキめ。

「そういうのは、うそとは言わないの。冗談っていうの」

「さっき、うそって言ったくせ」

「さっきのは言い間違い。言い間違いとうそとは違うの」

その場はそれで一応収まったが、めぐるがトイレに行こうとすると万太がすぐに気づいて「お母さん、どこに行くの」と聞いた。

「トイレ」

「俺も行く」

「一緒に入れるわけないでしょ」

そう言ってトイレに向かったが万太がついて来て、「お母さん、ドア開けといてよ。お化けが来るかも知れないから」と言った。

「嫌よ、そんなこと言うのは変態よ」

「ヘンタイって何?」

「何でもない」

　小さな子供というのは、大人の表情の変化を見逃さない。めぐるが困ったらしいと気づいた万太はすかさず「ヘンタイって何っ?」と大声を出した。

「そんなに大きい声出すんだったら、お母さん、トイレのドア閉めるよ」

「嫌だ」

「だったら黙っときなさい」めぐるはトイレのドアを開けた。「ドア開けといてあげるから、そっちに立って。中に入って来たら駄目よ」

　一緒に風呂には入っても、用を足すところを見せるわけにはいかない。めぐるは、万太をドアの裏側に立たせてからトイレに入った。

　用を足している間に万太が「お母さん、いる?」と聞いてきた。

「いるわよ」

　力んでいる最中だったので、うめくような声になってしまった。

「ウンチしてるの?」

「うるさいわね。変なこと聞くんだったら、ドア閉めるわよ」

「ごめん。聞かない」

ようやく終えてトイレを流したとき、万太が「お母さん、いいウンチだった？」と聞いてきた。これまでに何度となく、いいウンチと悪いウンチの話をしたことがある。

「どっちでもいいでしょ」

「いいウンチじゃなかったの？」

「いいえ。いいウンチでした」

「よっしゃー、いいウンチ」

万太がハイタッチを求めてきたので、仕方なく応じた。

こんなの、絶対に他人に見られたくない。


午前十時前に、万太を前の座席に乗せ、前かごに読み語り用の紙芝居を入れた手提げ袋を載せて、一キロほどのところにある小学校に出向いた。今日は二年二組。これまでに何度も来ている小学校なので、教室の場所は判っている。

万太と手をつないで事務室に出向き、知った顔の事務員さんに読み語りで来たことを告げ、そのまま教室に向かった。休み時間中なので、生徒たちから「あー、赤ちゃんが来てるぞ」「赤ちゃんじゃないよ、歩いてるんだから」「かわいー」などと声がかかった。万太は「おーい」「おっす」などと、手を上げて応じている。

読み語りは、国語や道徳の授業の最初の数分を使って行われる。この日もめぐるは、教室で待っていた同年代の担任の女性教師にあいさつをし、始業の起立、礼の後、教壇の机の上で紙芝居の用意をした。子供のカバの冒険物語。万太は、用意されていたパイプ椅子ではなく、欠席で空いていた最前列の机に座った。

紙芝居の表紙を見せると、「その話、知ってるー」という声も上がったが、読み始めると、みんなおとなしくなった。ときどき様子を窺《うかが》って、ほとんどの子が話に引き込まれているらしいことを確かめた。読み語りをしていて、一番いい気分になれる瞬間だ。

紙芝居が終わったところで拍手が起き、何人かの生徒たちが寄って来て、「カバって泳げるの？」「お前、あったりめーじゃん、知らなかったのかよ」「俺ね、カバよりサイの方がいいな」「カバもお母さんのおっぱい飲むの？」などと口々に言い出した。めぐるは、自分に向けられた質問に対して返事をした後、担任が「はい、はい。授業を続けますから」と手を叩いたところで、「今日はおしまいね」と腰を浮かせた。生徒らとこういうやりとりをするのは読み語りのもう一つの楽しみだが、実はこの子たちは、授業の時間を少しでも減らそうという魂胆でいろいろ話しかけてくることは判っている。

昼食後、風呂を洗っているときに玄関チャイムが鳴った。浴槽をこすっていたスポンジを置いて、手を洗い流して出てみると、町内で同じ班の西原さんが勝手にドアを開けて、中に入って来ていた。手に封筒らしきものを持っている。このおばさんは異様におしゃべりが好きな上に好奇心が旺盛《おうせい》で、めぐるがゴミを出すときに半透明のゴミ袋をじろじろ眺め回したり、外で会うと夫の仕事のことや子供の年などを聞いてきたりするので、苦手な存在だった。年は五十前後のようだが、しゃべる内容は、リュウマチが治らなくて困っているとか、最近の若い母親は子供のしつけがなってないとか、やたらと年寄り臭い。

勝手に入って来ないでよ。何のためにチャイムがあると思ってんのよ。

めぐるは愛想笑いを心がけて、「あ、西原さん、こんにちは」と会釈した。

「大平さん、風がちょっと強くなってきたから、洗濯物、飛ばされないように気をつけた方がいいわよ。この前なんか、うちの敷地内に女性の下着が飛んで来たことがあって、私どうしていいか判らなくて、困ったのよねー。おたくのじゃありませんかって聞いて回るわけにもかないし、他人に触られた下着をはこうという気にならないでしょ。だから、黙って処分するしかなくてねー」

知りませんよ、そんなこと。うちのが飛んでったわけじゃないでしょうが。

「あー、ありがとうございます。後で、洗濯ばさみでちゃんと留めてあるかどうか、確認します」

「隣の班の向こう側、水路になってるでしょ」西原さんは東方向を指さした。「ほら、児童公園の手前のところ」

「あー、ありますね」

近隣にまだぽつぽつ残っている農地のための水路で、普段は流れがなくてよどんでいる。

「あそこに最近、ネコの死骸が捨てられてて、嫌な臭いが漂ってたのよ。その前の週にも別のネコの死骸が同じところに捨てられてて、同じ人が捨てたんじゃないかって、あの辺の人たちが言い出したのよね。もしかしたら殺して捨てたりしたんじゃないかって。ほら、弓矢の銃みたいなおもちゃがあるじゃない」

「クロスボウとかいうやつですか」

「さあ、よく知らないけど、そういう道具で猫とかハトとかを無差別に撃ったりする若い人とか、いるらしいのよ。ニュースとかで、ときどきあるでしょう」

「そのネコに矢みたいなのが刺さってたんですか」

「いえいえ、そうじゃなくて、例えばの話。児童公園のもう少し向こう側に最近、コーポみたいなのが四つぐらいできたでしょ。素性の知れない若い人が住んでるって感じしない？」

この人は、そのコーポに住む何者かがネコを殺したということにしたいらしい。

めぐるが「いえ、別に……」と言うと、西原さんは「あら、そうなの」と拍子抜けしたような顔になった。「大平さんも、近所のこととか、もう少し注意を配った方がいいんじゃない？　小さい子供さんもいるんだから。最近は子供を狙った犯罪って多いし」

何でそういう不安をあおるようなことをいちいち言うのかな、この人は。

ところで、何かご用でしょうか、と尋ねようとしたが、西原さんの話は止まらない。

「あ、そうそう。南側に少し行ったところにある、歩道橋がかかってる交差点でさっき、人身事故があったらしいわよ。若い女が運転する軽自動車が自転車乗ってたお年寄りをはねたんですって。幸い、大怪我にはならなかったらしいけど、警察が来て現場検証みたいなことやってるのを見たわよ。軽自動車運転してた若い女が、警察官にいろいろ聞かれて泣いてたんだけど、片手にプードルっていうの？　白いちっちゃい毛むくじゃらの犬」

「ええ」

「それを抱きながらしゃべってるから、何か反省してるようには見えなくてね。あの女、プードルを抱っこしながら片手運転してたんじゃないかしら。この前なんか、犬を抱っこしながら携帯電話を耳に当てて運転してる若い子見たわよ。あんなことやってたら、事故起こすに決まってるじゃないの。ねえ」

西原さんはさらに、近所にあるスーパーのうちの一軒が潰れるらしいという話や、町内会長さんの隣に住む何とかさんの奥さんがくも膜下出血で入院したという話、自分の息子が就職しないで大学院に進んだせいでまだ学費を払わなきゃいけないという自慢話などをしてから、「あら、長々とごめんなさいね。そうそう、今度の雑草刈り、来月の最初の日曜日に決まったそうよ。ご主人は出られるかしらね」と言った。

「聞いておきます。主人が起きられなかったら、私が出ますから」

和之は出ないに決まってる。仕事以外の労働を露骨に嫌がる人間だ。

西原さんは、ようやく「じゃあ、そういうことで」と会釈して帰ろうとしたが、ドアの外にいったん出てから、ドアが閉まる前にまた入って来た。

「肝心の用事を忘れてたわ」西原さんは手を口に当てて大笑いした。「大平さんとおしゃべりしているうちに、頭からすっぽり抜け落ちちゃってたみたい」

大平さんとおしゃべり。一人で一方的に話してただけでしょうが。

西原さんは、「署名です。よろしくね」と手に持っていた封筒から紙切れを出した。見ると、〔早浦市文化記念館の早期建設を求める署名〕というタイトルがあり、何人かの名前や住所が書き込まれていた。

何でこの人が、と思ったが、すぐに思い出した。この人の夫は、早浦市役所で課長か何かをやっていると聞いたことがある。課長に昇任したときに、この奥さんが近所にそのことを言いふらしたせいで、めぐるの耳にも入ってきた。きっと役所内で、署名を集めろという指示があったのだろう。

そのときにほんの一瞬めぐるは、もし自分が早浦市役所の職員になっていたら、西原さんの夫と仕事で顔を合わせたりすることもあったかもしれないんだな、と思ったが、すぐに頭から振り払った。市役所に入り損ねたことを引きずっている自分が何だか嫌だった。

めぐるが署名用紙をじっと見ていると、西原さんが「あ、ペンね、はい」と、封筒の中からボールペンを出して差し出した。

「あのー、私、幼稚園のお母さん仲間から頼まれて、建設中止を求める署名というのにも名前書いちゃったんですけど、これに署名してもいいんでしょうか」

「えっ」西原さんが大袈裟《おおげさ》に目を丸くした。「どうしてそんな署名を」

「どうしてと言われても……そういうハコを作るおカネがあったら、幼稚園の給食化などの実現に回して欲しい、ということでございまして」

またやってしまった。どうも、追い詰められるような状況になると、語尾がおかしな具合になってしまう。西原さんが怪訝《けげん》そうな感じで見ているので、めぐるは「すみません、変な言い方になっちゃって」と愛想笑いを作った。

「大平さん、ハコはハコでも、必要な施設は作るべきでしょう。文化記念館は、踊りの団体や劇団など、いろんな分野の人たちから強い要望があって、じゃあ建設しようということで計画が立てられたものなんですよ。無駄遣いをするために建てるわけじゃないのよ」

「はい、それは判ります。今言ったのは別に私個人の意見じゃなくて、署名集めをしてる人からそういう話を聞いた、というだけで」

「文化事業が盛んになれば、街全体が活気づくでしょう。日舞やバレエなどの踊りだけでも、市内に何千人もいるから、発表会のような催しが増えれば、そのたびに家族や友人などが観に行って、交通費や飲食費などの形で市内におカネが落ちるの。そうすれば地域経済だって活気づくでしょ」

「はあ……」

「そうすれば、回り回って税収も増えるわけだから、無駄遣いにはならないのよ。私の言ってること、判るかしら」

「ええ、だいたいは」

「でも困ったわね……ちょっと聞いてみようかしら」

西原さんは、封筒と一緒に手に持っていた携帯のボタンを押して、だれかに連絡を取った。建設反対の署名をしちゃった人がいるんだけど、その人にも建設推進の署名を頼んでいいかと尋ね、何度かうなずいてから切った。夫に聞いたらしい。

「別に署名してもらっていいって。お願いできるかしら」

「はあ、いいですよ」

「ただし、建設の中止を求めるっていう署名のこと、私は聞かなかったということにさせていただきますから。大平さんの意思で建設推進の署名をした、ということです」

「はい、はい」

もともと文化記念館なんて、建設推進でも中止でも、どっちでもいい。早浦市役所に入り損ねて以来、市の事業に興味を持ったこともない。めぐるはボールペンで、名前と住所を記入した。

ようやく西原さんを見送り、玄関ドアにはまっている小さなガラス戸から、確実に敷地から出て行くのを確かめてから、風呂掃除に戻った。

浴槽をシャワーで洗い流している最中に、そういえば万太は何をしてるんだろうと思い至った。来訪者があれば、アニメを観ているときでも誰が来たのかを確かめに来るはずなのに。

急に嫌な予感がして、あわててダイニングに行ってみると、万太はテレビの前で大の字になって眠っていた。口の端からよだれが垂れて乾いた跡がついていた。テレビでは『トイ・ストーリー2』が終わって、録画メニューの画面になっていた。

ため息をついて、リモコンでチャンネルを変えると、画面のテロップに、早浦市長が選挙直前に不倫騒動、とあったのが目に入った。全国放送のワイドショー番組だった。

しばらく見ていて、事情が判ってきた。市長が選挙スタッフの若い女性とラブホテルから出て来るところを週刊誌に撮られた、というものだが、市長本人は電話でのインタビューに対して、疲れていたので選挙事務所の近くにあったホテルで仮眠を取っただけで、女性スタッフが一緒だったのは、心臓に持病があるので念のためについて来てもらった、結果的に誤解を与えるような行動となってしまい、反省している、などとコメントしている。

めぐるは声に出して笑った。

そんな言い訳を誰が信用するかっての、馬鹿だー、こいつ。

笑い声のせいで万太が目を覚ました。むくっと起きあがり、「俺を笑ったなー」とめぐるを指さして、泣き出した。最近この子は、仁平が笑ったと言って怒ったり泣いたりすることが多い。

幼稚園に仁平を迎えに行き、その足で、買い物に行った。最初は、いつも利用する中規模スーパーに行こうと思っていたのだが、そろそろ仁平の新しい靴を買った方がよさそうだったので、靴の安売り店がテナントに入っている大型スーパーに変更した。

昨日、三人乗り自転車を買うつもりで行ったスーパーである。

自転車を漕ぎながら、仁平の新しい靴を買うからね、と話しかけると、万太が「俺も靴欲しいっ」と言った。そうなることは判っていたので、「判ってる。万太のも買ってあげるから」と答えた。ただし、本人に選ばせると戦隊ヒーローなどのマークが入った高いのを欲しがるので、休憩テーブルでおやつを食べさせておいて、その間にめぐる一人で買うつもりだった。

スーパーの店内に入ると、細長い掲示板に貼り紙があった。

〔催事コーナーでマジックショー‼　観覧無料‼　①午後一時　②午後四時〕

買い物を終えた頃がちょうど四時ぐらいだと思い、「マジックショーがあるんだって。見たい？」と聞いてみると、さっそく万太が「見たいっ」と答え、仁平が「お前、マジックショーって知ってるのか。知らないくせに。手品のことなんだぞ」と言った。

「知ってるし。手品のことだし」

「俺が今言ったからだろ、それ」

「違うし。知ってたし」

めぐるは「喧嘩するんだったら見せないからね」と釘を刺して、ショッピングカートを取りに行った。

夕食などの材料を買い、休憩コーナーで仁平と万太に買ったおやつを食べさせている間に二人の運動靴も買ったら、ちょうど四時になり、店内放送でマジックショーの案内があった。催事コーナーというのは、ホームセンターの出入り口付近にある、以前は書店が入っていたスペースで、その後入店する業者が決まらないらしく、この半年ほどの間、小さなステージが設置されて、パイプ椅子が並べられている。土日には着ぐるみショーみたいなのが開催されたりしているようだが、平日は何もないか、ときどきアマチュアミュージシャンの弾き語りなどを見かける程度である。

めぐるは、途中で抜けることができるよう、ステージに向かって右端のパイプ椅子を選んだ。仁平と万太が喧嘩を始めるおそれがあるので、めぐるが二人の間に座り、買い物袋はパイプ椅子の下に置いた。

待っているうちに、席の半分ぐらいが埋まった。めぐると同じような子連れの母親もちらほらいたが、知っている顔はないようだった。前の方の席に座っていた男子小学生のグループが横の友達を押したりふざけ合っていたため、近くにいた年輩女性から注意されていた。

壇上に、二人の男性が出て来た。一人はスーパーのマークが胸に入った、えんじのブレザーを来た四十前後。店長だろうか。もう一人は、地味な紺のスーツを着た小太りの男性で、髪が薄い。こちらは五十代半ばぐらいだろうか。

司会者を雇う費用がない、ということなのか、店長らしきえんじブレザーが、ただいまよりマジックショーを始めますと言い、隣にいる小太り男性のことを紹介した。早浦市マジシャン連盟の会長で、普段は市内でスポーツ用品店をやっている人だという。名前も紹介されたが、聞いた直後に忘れてしまった。

えんじブレザーは壇上から下りる前に「ではみなさん、拍手をお願いします」と催促し、まばらに手を叩く音がした。マジシャンの男性は苦笑まじりで片手を振った。

オープニングはしょぼい感じで始まったが、男性がいきなり、両手に何もないことを見せておいてから、右手左手交互に次々とトランプを出して投げ捨てると、会場がどよめいた。小学生たちが「うわーっ」「すげーっ」と言っている。

その後もマジックは次々と披露された。ピンポン玉を次々と口から出しては消したり、ハンカチを丸めて投げたかと思うと短いステッキになったり、風船を膨らませて針でつついたら破裂音と共に犬のぬいぐるみが飛び出したりし、そのたびに拍手は大きくなっていた。仁平が「あのおじさん、ハリーポッターの学校の人？」と聞いてきたので、「そうかもねー」と言っておいた。手品自体は、テレビなどでよくやっている珍しくもない感じのものだったが、間近で見ると結構迫力があって、目が釘付けになる。

マジシャンの男性は「では最後に、お菓子をプレゼントするので、一人ずつこっちに来てください」と手招きし、空中で何かをつかまえる仕草をした。すると手のひらにはもうスティックキャンデーがあった。

　まずは小学生の男の子たちが並んだ。マジシャンの男性は次々とスティックキャンデーを出して、子供たちに渡してゆく。めぐるが「ほら、もらっておいで」と両隣に座っている仁平と万太に言うと、二人は少しおっかなびっくりという感じで近づいて行った。

　小さい子だからか、仁平と万太にスティックキャンデーを渡すとき、マジシャンの男性は軽く頭をなでてくれた。

　自転車を漕ぎながら帰る途中、仁平は「お母さん、すごかったね。あのおじさん、きっと魔法使いだよ」と声を弾ませた。前の座席にいる万太が振り返って「お母さん、家に帰ったらあのアメ食べてもいいんだよね。食べたら魔法使いになれる？」と聞いたので、めぐるは「さあ、食べただけでは無理なんじゃないの」と答えておいた。

　交差点で信号待ちをしているときに、手前の車道にお巡りさんのバイクが停まり、こちらに顔を向けた。万太が「三人乗りしていい自転車だよ」と大声で言うと、お巡りさんは苦笑しながらうなずいた。

　信号が青になった。漕ぎ出しながらめぐるは、マジシャンの男性がみんなから拍手を受けている様子を思い出していた。

見た目はぱっとしないおじさんだということとのギャップもあって、余計に凄いなと思った。スポーツ店の経営をしながら、時間を見つけてはこつこつと練習を続けて、あんなことができるようになったわけか。

それに較べて自分は何をやってるのか。人に誇れるようなものなんて何も持ってない。子供二人を産んで育てるのは確かに簡単ではないけど、もっとたくさん産んで育てた人が世の中にはわんさといるし、仕事をしながらそれをやり遂げた人たちもいるのだから、自慢にはならない。唯一、趣味のように続けている読み語りだって、字が読めれば誰だってできるし、最初は下手でも続けていればそれなりに上達してゆく。いくら続けていても、大島さんのようなレベルにはなれそうもない。

手品の練習とか、やってみようかな。

ふとそう考えた直後、軽い自己嫌悪にかられた。

たまたま見て、いいなと思って、すぐに飛びつく。そして飽きてやめてしまう。そういう軽薄なところが駄目だっての。


土曜日の午後、めぐるは仁平と万太を連れて市立図書館に行った。

子供らを児童書コーナーに行かせておいて、借りた本を返すために並んでいると、返却窓口で女性が「それは私じゃありませんせん、前に借りた人だと思いますけど」と言っているのが聞こえた。応対する若い女性職員は、少し顔を強張《こわば》らせて何か言っているが、声が小さいのでよく判らなかった。しかし、借りた雑誌のページが抜けているとか、切り抜かれているとか、そういうことだろうと察しはついた。めぐるが借りる料理雑誌などもしばしばページが抜けていることがある。ページの一部を切り抜くとばれやすいが、ページ丸ごと切り取ってしまえばチェックされても気づかれにくい。

　返却窓口で対応するのが、見覚えがある女性職員に代わった。市立図書館でときどき読み語りをするので、何度か話をしたことがある、確か平山という名前の人だ。年齢がめぐると同じぐらいのようなので、彼女を見るたびに、もし早浦市役所の採用試験に落ちてなかったら、自分もこんなふうに市役所組織のどこかで働いてたんだろうな、などと思ってしまい、そのせいでかえって避けてしまう存在。左手に指輪をしておらず独身らしいことは知っているが、私生活についての話を聞いたことはない。

　彼女によって窓口のちょっとしたトラブルはすぐに収まり、列が再び流れ出した。めぐるは、自分がもしあそこにいたら、しどろもどろになって余計に相手を怒らせたり、こちらが悪くなくても謝ってしまったりして、あんなふうにささっと処理できないだろうなと思った。

　めぐるの番になって絵本や雑誌を返すときに、彼女から「あら、こんにちは」とにこやかに言われ、めぐるは少し戸惑いを感じつつ「こんにちは。お疲れ様です」と応じた。

普段は、もっとクールな感じの笑みを見せる人のはずなのに、なぜか目つきが柔らかな感じだった。化粧も全体に濃くなってる。

何かあったのかな、と思ったが、もちろんそれを口にすることなく、めぐるは軽く会釈をして窓口を後にした。


何冊か絵本や雑誌を選んで、貸出窓口に並んでいるときに、もうすぐキッズルームで読み語りが始まるという館内放送があった。今日は大島さんの担当だ。

児童書コーナーに戻って仁平と万太を連れてキッズルームに移動すると、すでに十数人の子供たちがカーペットに座り、何人かの母親も後ろに立っていた。

大島さんの読み語りは、さきほど始まったばかりのようだった。めぐるは、仁平と万太を、大島さんの娘の空ちゃんの隣に座らせてから、何人かの母親と一緒に後ろに立った。

透明人間が小学校に現れるという、ちょっと怪談めいたミステリーだった。大島さんはやっぱり上手い。子供たちが話に引き込まれていることが、後ろ姿を見ているだけでも判る。大島さんがページをめくって、「わっ」という主人公の小学生が驚く台詞を言ったときには、何人かの子供がびくっとなった。近くにいる母親の間から小声で「この方、すごい上手ですね、プロの人みたい」「ほんとねー」とささやく声が聞こえた。

　読み語りが終わったところで、めぐるは大島さんに声をかけた。

「お疲れ様。近くに立ってたよそのお母さんたちもほめてたよ。プロみたいに上手いって」

　大島さんは「おー、それはそれは」と笑った。

「空ちゃん、こんにちは」と声をかけると、大島さんの腰にまとわりついていた娘の空ちゃんが「こんにちはー」と手を振った。仁平たちにも大島さんにあいさつをさせようと思ったが、もう近くにいない。見ると、キッズルームの外に出て、二人とも靴をはいているところだった。

「仁平、どこ行くの」

「二階を探検して来る」

　二人とも、大きな建物に入ると妙に興奮するところがあり、階段を上って別の階を見に行きたがる。

「万太と一緒にいるのよ。それからエレベーターに乗ったら駄目よ」

「判ってる」

「判ってる、じゃなくて、はい、でしょ」

しかしそのときは仁平も万太も、もう走り出していた。走るな、と先に言うべきだった。

「ところで大平さん、実は折り入って頼みがあるんだけど」と大島さんが言った。

「今度、幼稚園でバザーやるじゃない」

今月下旬の日曜日に予定されている。めぐるは「うん」とうなずいた。

「私、劇団仲間と三人で、そのときに人形劇をやることになってんだよね」

「えっ、人形劇」

「園長先生から、何か園児たちが喜びそうな、子供向きの劇をやってもらえないかって頼まれたもんで、いろいろ考えてさ、だったら人形劇がいいかなってことになって。人形自体はもう確保して、脚本も『ヘンゼルとグレーテル』で行こうってとこまで決まったんだけど、あと一人、ナレーションやってくれる人が欲しいのよ」

「ナレーションていうと……」

「台詞《せりふ》以外の、いわゆる地の文を読んでくれる人。読み語りの要領でやってもらえればいいから、お願いできない？」

「でも、私じゃ迷惑かけるような気が……」

「そんなこと、ない、ない。あなたの朗読テンポ、すっごくいいし、味のある声してるじゃない。脚本を朗読するだけだから、ね、お願い」

大島さんが両手を合わせると、空ちゃんも真似《まね》をして「なーむー」と言った。大島さんは噴き出して、「そっちじゃないの」と、空ちゃんの頭をちょっと乱暴になでた。

借りた絵本や雑誌が入った手提げ袋を手に二階に行くと、仁平と万太は、廊下の突き当たりになっている大きなガラス窓にへばりつくようにして、外を見ていた。そちらに向かおうとしたが、何となく案内板が視界の隅に入って立ち止まった。

案内板には、〔手作り絵本展〕とあり、仁平たちがいるのとは反対方向に矢印が向いていた。パネルで仕切られたスペースで、そういう催しをやっているらしい。めぐるは仁平たちをもう一度見て、悪さをしている様子がないことを確認してから、そちらに足を向けてみた。読み語りの参考になるかもしれない。

受付などもなく、勝手に見物していい状態になっていた。めぐると同年代ぐらいの女性や年輩女性が数人いて、長机の上に置いてある絵本を手に取ってめくっている。勝手に持ち出せないように、それぞれの絵本の隅に小さな穴が空けられてひもが通され、長机の下につながっていた。

子供が作ったと思われる、つたない絵と文字で作られたものもあり、その一方で、プロ並みに上手い絵が描かれ、きれいに製本された力作もあった。展示数は二十ぐらいだろうか。見た目は千差万別だが、どの作品にも、絵本が大好きだという思いや、自分だけの絵本を作るんだという意欲や好奇心があふれている感じがして、何だかまぶしい。

パネルに貼ってある作者紹介を見て、それらがどれも、早浦市内の人の手によるものだと知り、めぐるは「へえ」と漏らした。

自分が住んでる街には案外、いろんな活動に取り組んでる人がいるんだなと、あらためて思った。マジックで子供たちを喜ばせる人もいる。大島さんみたいに、読み語りも上手で、劇団もやっていて、人形劇までやろうという人もいる。絵本を作っている人だけでも、こんなにいる。

それに較べて、自分はいったい何をやってきたんだろうか。読み語りも大島さんみたいに上手くはないし、絵は子供のときから下手だったから絵本も無理。

そのとき、急に昔の情景が頭に浮かんだ。

国語のノートか何かに、お話を書いていたことがあった。小学校の高学年の頃だった。家で宿題をしてるふりをして、丸くなった鉛筆でせっせと書いて、それを近所の年下の子たちに読んで聞かせていた。あの頃は、大人になったら童話作家になりたいと思っていたのだ。

結構、たくさん書いたような気がするのだが、どんな話を書いたのか、ほとんど思い出せなかった。きっと、有名な童話を真似ただけのものや、森に出かけて迷子になっていろんな動物に出会ったとかいう単純なものだったのだろう。

でも、一つだけ、鮮明に覚えている話がある。

おじいちゃんが小舟に乗って釣りに出かけ、行方不明になる話だ。現実には、おじいちゃんは戻らなかったけど、めぐるが書いた話の中では、最後には生還する。きっと、おじいちゃんが戻って来ることを願って、何度もその情景を想像した影響で、そんな話を書いたのだろう。

めぐるは突然、全身に電気が走ったような気分に囚《とら》われた。

あの話をもう一度、書いてみたらどうだろうか。書き上げてみて、出来が悪かったら捨てればいい。でも、悪くないものに仕上げることができたら、読み語りに使ってもいいのではないか。

自分が作った物語の世界に、子供たちを招き入れる。そして物語の世界で、おじいちゃんはちゃんと生きている。柔和な目で笑いながら、海の彼方から帰ってくる。

それは、小さな奇跡を起こすことなんだと思った。

めぐるは、手提げ袋を胸に抱え、小走りで階段に向かった。それに気づいた仁平たちが「お母さん」と呼んだので、「そこで待ってて」と叫んで階段を駆け下りた。足音が建物全体を揺らしているように思えた。

一階の書庫が並ぶスペースに入り、案内板を頼りに、童話の書き方を解説する本を探した。〔小説作法　小説の書き方〕という表示があるコーナーを見つけたところで、ぎょっとなって立ちすくんだ。

グレーのパーカーにジーンズという、自分と似たような服装の女性がそこにいた。彼女は両手で数冊の本を抱えながら、大きなあくびをしているところだった。他人に見られたからだろう、彼女は、しまったという感じの表情になり、咳払《せきばら》いをした。似ているのは服装だけだった。めぐるよりも相手の方が一回りぐらい若そうだし、背も彼女の方が低い。

めぐるが目的の本を探し始めたところで、その女性が「あの」と声をかけてきた。

「はい？」

「もしかして、シナリオとか、書かれるんですか？」

は？　なんのこっちゃ？　めぐるは「いえ」と頭を振った。

「あ、すみません、変なことを聞いてしまいまして。このコーナーで本をお探しのようだったものですから」

彼女が胸に抱えている本の一番手前にある表紙に『プロになるためのシナリオ実践講座』という文字を見つけた。へえ、この子、シナリオを書くのか。プロを目指してる、ということだろうか。

「私は童話の書き方の本を探そうと思って……」

「へえ、童話をお書きになるんですか」

彼女の顔が華やいだ感じになったので、めぐるはあわてて「いえ、ちょっと興味を持っただけで、まだ書いたこともないんですよ」と説明した。

「あ、そうなんですか。童話の書き方だったら、確か……そっちの方に固まってたと思いますよ」

彼女が指さした右下方向に近寄ってしゃがんで確かめると、それらしい背表紙が並ぶ一角があった。

「あー、どうも、ありがとうございます」

めぐるが振り向いて礼を言うと、彼女は「いいえ。お互い、頑張りましょうね」と片手で拳を作った。

いえ、だから私は、プロとかを目指してるわけじゃなくて……。

でも、何だかうれしくなって、めぐるは「はい、頑張りましょう」とうなずいた。

その日と翌日の日曜日の間に、童話や児童小説の書き方を指南する本を三冊読んだ。一つ判ったことは、物語の作り方は人それぞれで、決まった創作法というのはない、ということだった。プロでも、細かいあらすじや登場人物の配置などをよく練った上で書き始める人がいる一方で、途中の展開や結末を考えずに書き始める人もいる。自分に合った方法でいい、ということのようだった。

日曜日の夕方、夫の和之が出張から帰って来た。夕食後に定例のお土産ビーフジャーキーを皿に盛ると、仁平と万太がさっそく手を伸ばした。その際、和之から、現市長は不倫スキャンダルのせいで三期目の当選は怪しくなってきたらしいな、と言われて、市長選の投票に行くのを忘れていたことに気づいた。

その二時間ほど後、テレビの開票速報で現市長が落選したことを知った。新市長に選ばれたのは、前県議だという、強面のおばさんだった。

翌日から、めぐるは、ちょっとした空き時間を見つけながら、こつこつと物語を書き始めた。最初の二日で、おおまかなあらすじのようなものを箇条書きにし、それを参照しながら書く形になった。仁平や万太の前では、「字の練習してんの。お母さん字が下手だから」と説明し、夫の和之にも内緒にした。完成前に人に知られると、物語の魂みたいなものがどこかに行ってしまいそうな気がしたからだった。

以前働いていたときはノートパソコンでワードや一太郎も扱ったが、ブランクが長く、またノートパソコン自体家にないので、手書きしか方法はない。原稿用紙などを買うのはもったいないので、子供の落書き用にストックしてある裏が白い広告紙に、〔未来と健康のために　早浦食品〕という文字が入っている安物のボールペンを使って書き進めた。書く場所はもちろんダイニングのテーブル。

誤字脱字だけでなく、何度も文章を訂正しなければならなかったので、線で消したり、小さな文字で書き込んだりする部分が増えて、読み返しにくくなると、あらためて清書し直した。その清書したものも、読み返すとまた手直しすべきところが見つかって、またペンを入れる。その繰り返しだった。次の書き出しに迷って一行も書けない日もあったが、それでも広告紙の裏と向き合ってペンを握る時間だけは確保するようにした。

最初の数日間は、ゴール地点が遥か遠くのように思えて、何でこんなことをやろうと思ったんだろうと後悔する気持ちにもなったが、最初に作った箇条書きの半分以上が線で抹消された後は意外と筆が進んだ。最後の数枚は、途中でペンを置く気にならず、夜中まで起きて、一気に仕上げた。

それからさらに一週間かけて、書いたものを読み返してペンを入れ、最後の清書をした。それを深夜に小声で朗読して、「よし」とうなずき、和之用に買い置きしてある缶入りハイボールを一人で飲んだ。

「あー、美味しーっ」

出来がいいかどうかは、自分ではよく判らない。でも、自分なりに一つの物語を完成させることができたことは確かだった。取り柄のないただの主婦だって、その気になればこういうことができる。しばらくの間、その充足感に浸ることぐらいは許されるはずだ。

次の読み語りは来週の火曜日、近所の小学校。確か、五年か六年だったはず。

そこでこの物語を朗読しよう。

子供たちを物語の世界に連れてってあげるんだ。

第三幕　戻った女

カウンターの向こうに座っている西原から「ね、ママ」と手招きされて、めぐるは「何ですか」と聞いたが、西原はさらに手招きをした。

仕方なくカウンターの上に乗り出すようにして顔を近づけると、「ママって、旦那とかいるの?」と聞かれた。白髪混じりの頭から漂う整髪料の匂いと一緒に酒臭い息まで吸い込んでしまい、一瞬吐き気を催した。

「さあ、どうでしょうね。西原さんはどう思いますか?」

「やっぱり、いるんだろうねー。そりゃ、いるよ。この店のオーナーが旦那なんじゃないの?」

西原は水割りの氷を指でかき混ぜながら、にやにやしている。

「ここのオーナーさんは女性ですよ。私はただの雇われ臨時ママです」

「うそ。この店に来るようになってもう一年以上経《た》つけど、ママ以外の人って、見たことないぞ」

「体調が悪くてずっとお休みされてますから。二年ほど前からです。それまでは二人でやってたんですけどね」

「へえ。じゃあここ二年はママ一人でやってるんだ。チーママってことだね」

「はい」

「若い子とか、雇えばいいのに」

「金曜日と土曜日は入りますよ。みっちゃんて子が」

「えーっ、知らなかったなあ。何で教えてくれないんだよ」

「あら、そうだったかしら。すみませんでした。そういえば西原さんて、週末にはいらっしゃったこと、ないんですね」

「ああ。休みの日は上司や同僚とゴルフに行くことが多いからさ、前の晩はまっすぐ家に帰って寝るからね」

「そうなんですか」めぐるは作り笑顔でうなずいた。「ゴルフのキャリアは長いんですか」

「まあ、キャリアだけはね。役所に入って二年目だったかな、その頃に先輩から道具もらって始めたのがきっかけだから……もう三十年近くやってるかなあ」

「あら、凄《すご》い。大ベテランですね」めぐるは拍手をする真似《まね》をした。「井手さんもなさるんですか」

井手はさっきトイレに行って、まだ戻って来ていない。西原の部下で、係長職だと聞いている。

「ああ。彼はね、俺より若いくせに、刻むんだよ」

刻む、というのは、豪快にボールを飛ばさず、ミスのないショットをこつこつと打ってゆくやり方だ。めぐるはゴルフをしないが、客からその手の話を聞かされることが多いので、多少の知識はある。

「堅実な方なんですね、井手さんは」

「そうそう。俺みたいに冒険しない性格なんだ」

ずっと市役所勤めをしている男が、冒険という言葉を口にしたので、つい失笑しそうになったが、「西原さんはいかにも、攻めの姿勢って感じですしねー」とおべんちゃらを言っておいた。しかし露骨過ぎたようで、西原は「からかうなよ、飛ばそうとしてもたいして飛ばないんだから」と顔をしかめた。と思ったら、「俺のあれと一緒で」とつけ加え、気持ち悪い顔の歪《ゆが》め方をして下品に笑った。

井手が戻って来て、「何笑ってんですか」と、西原の右隣に座った。西原は「井手ちゃんがいい奴だって話をしてたんだよ」と言い、井手は「またまたあ」と笑う。めぐるが温かいおしぼりを渡すと、井手はそれで顔を拭いた。この人はかなりやせていて、手の甲の静脈が、傷跡のように浮き出ている。

「井手ちゃん、この店さ、金曜土曜は女の子もいるんだってさ」

「えっ、本当っすか」井手は、おしぼりで今度は首を拭き始めた。「女の子って言っても、ママさんぐらいの年なんじゃないんすか」

「あら、言ってくださいますね」めぐるは井手をげんこつで叩《たた》く仕草をした。「私、井手さんより年下のはずですけど」

「えっ、そうだったの？　何歳？」
「こらこら、女性に年を聞くのはマナー違反」西原が井手の肩に片手を乗せてもんだ。
「ママの年なんてどうでもいい。それより、みっちゃんて子のことを教えてよ」
「専門学校生なんです。お客さんの紹介で、半年ほど前から週末だけ手伝ってもらっ
てるんですけど、いい子ですよ」
「いい子ってことは、おっぱい、でかいんですか」
井手は歯茎を見せながら水割りを飲み干した。
「おっぱいのでかさは関係ないだろう」西原はひじで井手を軽く押した。「ママが、
いい子って言うのはね、それほど美人じゃないってことなんだよ。美人だったら悔し
くて絶対ほめないから。女ってのはそういう生き物なの」
「あら、それって偏見じゃありませんか」
「何が偏見だ」西原は急に険しい顔になった。「俺は本当のことを言ってるだけだぞ」
この男はときどき、気に入らないキーワードで急にこういうスイッチが入ることが
ある。めぐるは心の中で、またかよ、とため息をついた。
「どうも失礼しました」めぐるは神妙な表情を心がけて頭を下げ、それから作り笑顔
で「でも、目鼻立ちがはっきりしてて、かわいい子ですよ、みっちゃんは」
「平日にも、みっちゃん入れてよ」と井手が場を取り繕うように言った。「その方が、

ママも楽になるじゃん」

「そうできればいいんですけど、ボックス一つとカウンター八席だけの小さい店ですから、平日まで人を雇ったら、赤字ですよ」

「でも、若い子が入ったら、お客さんが増えるんじゃないの。ママみたいに地味なブラウスじゃなくて、胸元が開いたドレスを着せるんだよ、みっちゃんに」

そういう店じゃないっての。

「みっちゃんはただの専門学校生ですよ。あ、お代わり、作りますね」

井手のグラスが空になったので手を伸ばしたが、井手は「いやいや、今日はもういいです。明日もあるし、課長がキープしてるボトルを飲み過ぎると、後が怖い」と両手を振った。

「何言ってんだよ、俺はそんなにせこい人間じゃねえぞ」西原がまたひじで井手を押した。「でもまあ、明日があるから、あと一杯だけってことにしようや」

とっとと帰れ。めぐるは笑顔でうなずいて、井手の水割りを作った。

二人が帰った後、トイレを見に行くと、案の定、便座が上がっていて、便器や床に尿が飛び散っていた。座って小用を足してくれる男性もいるが、あの二人は、そういう配慮ができないようで、帰った後はいつもこうなっている。めぐるは「しつけのなってない馬鹿たれどもめ」と文句を言いながら、ゴム手袋をはめ、トイレットペーパーを引き出した。

トイレ掃除の後、グラスや小皿などを片づけ、カウンターの内側で丸パイプ椅子に腰を下ろして、小さな調理台の隅に置いてある携帯電話に手を伸ばした。

さっきの西原のことを思い出して、それまで穏和だったのに何か言葉を聞いてスイッチが入り、人が変わったように激高する男、と入力してみた。これを材料にして話を膨らませることはできないかな、としばらく画面を眺めたが、何も出てきそうになかったので、消去した。物語のネタにさえならないつまらない男たちってことか。

書きかけの児童小説を画面上に呼び出して、さてこの後どう続けようかと思案した。おじいちゃんが小舟で海釣りに出かけて、天候の急変によって、行方不明になった、というところまで書いた。主人公は小一の孫娘で、おじいちゃんはきっと戻って来ると信じている。でも、三日が経ち、五日が経ち、家族や周囲の人たちの間には、あきらめムードが漂うようになった。

結末は、おじいちゃんが奇跡的に生還することにしたい。でも、その途中をどういう展開にすればいいか。単に、孫娘が信じていて、それがかなった、というのでは単純過ぎるから、何か、ひと山欲しい……。

携帯電話を使って書く掌編小説は、恋愛もの、ミステリー、青春ドラマなど、いくらか書いてきたが、児童小説という、子供が読むことを想定した物語というのは今回が初めてだった。最近は落選続きのため、やっぱり向いてないようだからもうやめてしまおうか、と悲観的になりながら公募ガイドをめくっていたときに、児童小説や童話というジャンルもあったんだ、ということに気づき、しかも枚数がちょうどよさそうな『海にまつわるストーリー募集』という応募先が見つかったこともあって、目先を変えるつもりで書いているところである。主催は缶詰やちくわかまぼこで有名な水産会社で、枚数は四百字詰め換算で二十～三十枚。携帯電話からメールで応募することができる。何より、大賞は賞金五十万円で、プロの手による挿し絵つきで出版されるのが魅力だ。ただし、締め切りまであと一週間を切っているので、のんびりはしていられない。

海にまつわる話、ということで真っ先に浮かんだのは、おじいちゃんのことだった。小学校高学年の頃に、その原型になる話を書いた記憶もある。そのときに書いたノートなんてもちろん残ってないし、仮に残っていたとしても何の参考にもならないつたない作文でしかなかっただろうけど、おじいちゃんが無事に生還するという話の骨格自体は、描き方次第でちゃんとしたドラマになると思った。これは自分のための公募だ、きっと何かの導きがあってのことだとも感じている。

途中のひと山をどうするか、なかなか考えがまとまらず、メンソールタバコを一本吸った。タバコはそれほど好きではなかったのだが、こういう商売を続けているうちに、何となく習慣になってしまった。一日に十本ほどしか吸っていないが、気がつくと口にくわえているというのは、一種の依存症なのかもしれない。最近はタバコ禁止の施設が増えたせいで、余計に吸いたいという衝動にかられることが多くなった。禁煙場所の拡大は、余計にタバコ依存症を促進する側面があるんじゃないか。

携帯を使って物語を作るようになったのは、ささいなことがきっかけだった。

一年半ほど前、店にやって来た一見客《いちげん》からいくつか下ネタの笑い話を聞かせてもらったときに、面白いと思ったので、メモ代わりに打ち込んだのが最初だった。それを他の客に話して聞かせたところ、割と評判がよかったので、書店でジョーク集などを探して、その中で使えそうなものを携帯に打ち込むようになった。だから最初のうちは、面白い話のコレクションをして、それを客に披露する、という感じだった。常連客からは「ママ、新しい話、何か仕入れた？」と催促されることも増えたので、やめるわけにはいかなくなった。

しかしすぐに面白い話だけでは持たなくなり、怪談話やちょっと心温まる話、有名人の隠れたエピソードなども仕入れるようになった。ネタ探しのために図書館に通うようになり、読書傾向が偏ってはいるものの、三十を過ぎて本を読む習慣が身についた。

怪談話や心温まる話を一冊にまとめたものには、一般公募の中から選ばれた、いわゆるアンソロジー本がちょくちょくあった。それらを読んでいるうちに、これぐらいの短い話だったら、自分でも作れるかも、という気がしてきた。携帯からメール送信で応募できる公募が案外多いことも、その気にさせてくれた。

初めて応募したのは、不思議な話についての公募だった。三十代の女性が、たまたま公園で出会った幼稚園児ぐらいの女の子の遊び相手をして別れた後で、三十年ほど前に同じ場所で、立場を逆にしたそっくりな出来事があったことを思い出す、というものだった。それほどの出来映えではなかったように思うのだが、入選してアンソロジー本に収録され、多少の賞金を原稿料代わりにもらった。

それで火がついた。おカネではなく、自分が書いた話が一冊の本に収録されて、書店に置いてもらえる、ということがうれしくて、その本が宝物になった。プロの作家なんて無理だと判《わか》っているけれど、こういう感じで本を出すことなら自分にもできるということが判って、急に視界が開けたような気持ちになった。以来、公募ガイドを買っては、チャレンジできそうな公募を探して、応募を続けている。これまでに書いた話は、ほんの数枚の短いものや長くても三十枚以内の掌編小説を含めて、ざっと三十。何らかの形で入選扱いになったのは六つ。そのうち『不思議な話　第三集』『背筋が寒くなるショートホラー特選』『あなたに会えた幸せ』の三冊がアンソロジー本になった。目標は、本棚代わりに使っている三段ボックスを、自分の収録作だけでびっしり埋めること。それができたからといって人生が大きく変わることはないだろうけど、一人でにやにやできるし、悪くない眺めになるはずだ。

児童小説の続きを少し打ち込んでみて、気に入らずにそれを消去したときに、出入りロドアが開いて、会社員風の男女六、七人が入って来た。いずれも初めて見る顔で、五十前後の男性が若い後輩たちを引き連れて来た、という感じだった。めぐるは携帯を調理台の隅に置いて立ち上がり、笑顔で「いらっしゃいませ」と迎えた。

「一見さんだけど、いいよね」と五十前後の髪の薄い男性が言い、めぐるが「もちろんです、どうぞ」と応じたときには既に目の前のカウンター席に腰を下ろしていた。他の若い子たちも次々と両側に腰を下ろした。

めぐるがおしぼりを差し出すと、引き連れて来た男性は顔をごしごし拭きながら、いつも行く店が閉まってたもんでねー、と笑いながら話した。めぐるは、これはきっと何かの巡り合わせですから、これを機会にどうぞごひいきにお願いしますねー、とうれしそうな顔を作り、連れの客にも順におしぼりを配った。

ところが、「何か飲む前に一曲歌ってもいいかな、景気づけに」と言われて、めぐるが「申し訳ありません。うちはカラオケ、置いてないんですが」と答えると、その男性は啞然《あぜん》とした顔になった。

「カラオケないの？　何でー」

「以前は置いてたんですが、どちらかというと、静かに飲みたいとおっしゃる常連客の方が多いものでございまして……」

あー、くそ、語尾が変な感じになってしまった。忘れた頃にやってしまう。めぐるは、はあ？　という感じの表情で見返している男性に、できるだけかわいい笑顔を作って「ごめんなさい、カラオケなくて」と両手を合わせて謝る仕草を見せた。

男性は、めぐるの笑顔に興味はないらしく、チッと舌打ちして、顔を拭いたおしぼりをカウンターに叩きつけるように置いた。

「おい、この店、歌えないんだってさー」

他の若い子たちが苦笑し、何人かが「そうですか」「別にいいですよ」などと応じた。場を仕切りたがる上司に気を遣っているような雰囲気だった。

「いやいや、やっぱりカラオケがある店にしようや」と男性が腰を浮かせた。「もともとそのつもりだったから。ちょっと歩くけど、別の知ってるとこに行こう」

男性は、めぐるに何も言わず、やや千鳥足気味の歩き方でドアの方に向かう。他の若い人たちも、仕方なく、という感じで席を立った。

奥の方に座っていた女性が「ごめんなさい」と小声で言い、めぐるは「いいえ、こちらこそ」と、作り笑顔で見送った。

溜息《ためいき》をついて、おしぼりを片づけた。

以前はカラオケを置いていたのだが、マイクの取り合いで客同士がもめたり、デュエットを求められて抱きつかれたり、時にはいきなりキスをされたりするのに嫌気がさして、店を任されるようになって三か月ほどでやめた。二十代のときにはピンクサロンで働いていた時期もあり、客に触られること自体には免疫があるつもりだが、そこまではしないという暗黙のルールを破る客に対して怒りをぶつけられない、というイライラ感が、触られること自体よりも不快だった。

カラオケをやめて一時期は客足が減ったが、カラオケが好きではない客や、話をするために来る客が来てくれるようになったわけだから、正しい選択だったと思っている。自分が生活できる程度に収入があれば、それでいい。

携帯電話を手にとって時間を確かめると、午後十一時になろうとしていた。

今日はもう客はこないかな。

めぐるは、書きかけだった児童小説を画面に呼び出した。

翌朝はいつものように午前九時に起きて、ソファに身を沈めてタバコを二本ほど吸った。朝はどうもエンジンがかからず、最初の三十分ぐらいはカーテンも開けずにぼーっとしていることが多い。

その後、シャワーを浴びて、パジャマから光沢があるピンクのジャージに着替えた。ジャージをはくときに、左足はすんなり入ったが、右足を入れるときにバランスを崩してしまい、あわててつかんだタオルかけが壁から外れて、そのまま尻餅をついてしまった。買い置きの瞬間接着剤を使ってタオルかけを直したが、微妙に右肩下がりになっていることに気づき、「がーん」とつぶやいた。

気を取り直して掃除。２ＤＫの賃貸マンションなのであまり手間はかからない。サッシ戸を開けて六階のベランダから空模様を眺めると、曇ってはいたが雨にはならないかな、という感じだった。

寝る前に回しておいた洗濯機から湿った洗濯物を出してカゴに入れ、エレベーターに乗った。このマンションに住むことにした最大の決め手は、一階がコインランドリーになっていることだ。高速道路と国道にはさまれた場所にあるため、すすやほこりが気になってベランダに干し物を出す気にならず、めぐるはこのコインランドリーをいつも使っている。

先客が三人いた。子連れの若い母親は、乾いた洗濯物をテーブルの上でたたんでおり、やや年輩のおばさんはパイプ椅子に座って雑誌を読んでいる。三歳か四歳ぐらいの男の子は、床の上でチョロＱを走らせて遊んでいた。その男の子と目が合い、めぐるが手を振ると、彼も振り返した。

乾燥機に洗濯物を入れながら、もし結婚して子供がいたら、どんな毎日を送っていただろうかと想像してみた。てきぱきとこなすのは苦手なので、働きながら主婦をやるのは自分には無理だろう。となると、亭主に稼いでもらって専業主婦か。出産も育児も家事も大変だろうな。でも、独り身の寂しさを続けるよりは楽しいかも。

これまでつき合ってきた男の顔を思い浮かべた。仕事が気に入らないと言って辞めたり、よそで女を作ったり、ギャンブルで借金したり。どいつもこいつも頼りなくて、安心して専業主婦なんて続けられる相手が見当たらない。

そういえば、ともう一人思い出した。ちょくちょく一人で飲みに来ては口説きにかかる大平和之。早浦製薬という、地元を代表する企業で働いている男で、浮気やギャンブルに走りそうなタイプでもなさそうだが、彼と一緒になって幸せになれるかどうか今一つ確信を持つことが出来ず、デートの誘いなどもはぐらかし続けている。彼の方は、たまたま一人で入った店に同郷で中学高校が一緒だったためぐるがいたことで、運命的なものを感じたらしいのだが、その程度の偶然は世の中にいくらでもある。中学では同じ放送部にいて、朝の校内放送を一緒にやったが、特に親しくしていたわけでもないし、高校ではクラスが違ったこともあって、話をした記憶もない。運命だなんておおげさだ。

乾燥機に百円玉を三枚入れてスイッチを入れたときに、男の子が股間を押さえてその場でもじもじし出した。母親は気づいていない。

「あのー、お子さんの様子が」

めぐるがそう声をかけると、ようやく気づいた母親が「ショウちゃん、まだ出てないよね」と怒鳴るなり、男の子を抱きかかえて外に出て行った。このコインランドリーにはトイレがない。

やっぱり子供って面倒臭い。しかも、ちゃんとした大人に育て上げなければならないという責任も伴う。自分にはもともと子供なんて縁がないのだ。

乾燥機を回している間に、歩いて二分のところにある喫茶〔おおしま〕に行った。週に二度ぐらいの割合で利用している店である。それ以外の日は、もう少し歩いたところにあるハンバーガーショップに入るか、コンビニで弁当を買って帰るか、というのがだいたいのお決まりパターンになっている。

〔おおしま〕は、数年前にアーケードが撤去された、人通りの少ない商店街の隅にある。時代から取り残されたような薄暗くて狭い、飲み物と数種類の軽食だけの店だが、オムライスの味がそこそこ評判で、昼になるとサラリーマンやOLで満席になることもある。しかし、午前十一時前という中途半端なこの時間は、たいがいがらがらで、めぐるはいつもの奥の窓際の席に座ることができた。

奥から出て来て「いらっしゃい」と笑顔を見せた女性店主が、すぐに水を運んで来て、「いつものですか」と聞いた。めぐるが「はい、お願いします」と言うと、彼女は「ありがとうございます」と応じて、奥に引っ込んだ。

女性店主はめぐると年が同じぐらいで、小さな店を一人で切り盛りしているところに親近感を覚えているのだが、目つきが鋭くて孤高の人、という雰囲気が漂っているため、これまで親しく話をしたことはない。めぐるにとってはちょっと近寄り難い、でも何かを持っていそうで気になる、という感じの人物だった。いつか、本当はどういう人なのか突き止めてやろうというのが、隠れた楽しみでもある。

めぐるは店内にある新聞を広げて斜め読みし、先にテーブルに置かれた冷たくない野菜ジュースを飲み干し、その後しばらくしてやって来たオムライスを食べた。店の看板メニューだけあって、飽きのこない美味《おい》しさがある。野菜ジュースとの組み合わせにより、栄養バランスもまあまあのはずだ。

食べている最中は決まって、ときおり外を通る人をレースのカーテン越しに眺めて、その人の職業や生い立ちを想像してみる。拙《つたな》いながらも掌編小説を書くようになって、自然とそういう習慣が身についた。案外面白いネタを見つけることもあり、そういうときはすかさず、携帯にメモを打ち込む。後でそれを読み返してみると、たいしたネタじゃなかったなあとがっかりすることが多いのだが、たまに本当に使えそうな素材もあり、そういうときは一日気分がいい。

食後のコーヒーを飲みながら、携帯で児童小説の続きを書いた。分量は少しだけだったが、食事の栄養とコーヒーのカフェインがいい感じに作用したのか、途中の展開をどうするかについてのアイデアを得ることができた。

会計を済ませて〔おおしま〕を後にし、コインランドリーに戻って乾いた衣類を取り出しているときに、パーカーのポケットの中で携帯が振動した。

滅多にかかってくることがない五歳年上の兄史昭からだった。彼は関西の金属加工会社に就職し、今では妻と六歳と三歳の娘がいるが、ずっと疎遠のままで、めぐるは二人の姪《めい》っ子と会ったこともない。

身構えるような感じで「もしもし」と出ると、兄は、元気にやってるか、といった近況についての話をせず、いきなり「従妹《いとこ》の友恵《ともえ》ちゃんが結婚したんで、一応知らせようと思って電話した」と、よそよそしい感じの口調で言った。

友恵ちゃんは母方の従妹で、小さいときにはときどき泊まりに来て、遊び相手になってやっていた子だ。年はめぐるよりも七つぐらい下だったはずだ。

「いつ？」

「先々週の日曜日に京都で式と披露宴があったから、お父さんお母さんと一緒に、俺も行った。友恵ちゃん、お前がどうしてるか気にしてたんで、元気にやってると一応言っといたよ。お祝いは送らんでいいぞ。お前の名前で、祝儀は渡しといたから」

「何で勝手にそんなことすんのよ」

「お父さんがそうしろとお母さんに言ったんだ、俺に文句言うな」

「まるで私が犯罪者みたいな扱いだね」

「だから、俺に言うなって。本当は、友恵ちゃんが結婚したこと自体、教えるなって言われたんだぞ」

先々週の日曜日から今まで、電話で知らせるかどうかを迷っていた、ということらしい。

「私にも招待状、来たんでしょ。勝手に欠席の返事を出したんだ」

「俺に言ったって知るかよっ」兄が声を荒らげた。「こっちは気を利かせて連絡してやってんのに、ごちゃごちゃ言うんだったら、もう切るぞっ」

めぐるは一度、息をゆっくりと吸って吐いた。確かに兄に咬《か》みついても仕方がない。

「友恵ちゃんの結婚相手って、京都の人なわけね。どんな人？」

「内科と胃腸科の医者だそうだ。今は大きい病院で勤務医をやってるが、いずれ父親の医院を継いで町医者になるんだろうよ」

「へえ、エリート家庭に育っただけあって、結婚相手も毛並みがいいわけね」

兄は、面倒な仕事はこれで終わりと言わんばかりに「じゃ、そういうことだから」

と、逃げるような感じで電話を切った。

友恵ちゃんの父親は羽振りのいい税理士で、かなり大きな屋敷に住んでいた。めぐるの実家に家族でやって来たときも、大きな高級車に乗って来ていたし、友恵ちゃんの洋服や靴も見るからに高そうだった。友恵ちゃん自体は素直な性格の愛くるしい子だったのだが、その母親である叔母は、他の親戚の子に対して見下した態度を取るところがあったので、めぐるは大嫌いだった。

めぐるが二十六のとき、借金返済のために働いていたピンクサロンを辞めたのだが、店長がしつこく考え直してくれと電話をかけてきた。何人ものお客さんが残念がってるとか、店の売り上げが目に見えて減って困ってるとか、人気がある子に辞められたら自分が怒られるとか、泣き落としのような言葉を聞かされた上に、もうつき合ってくれと迫ったりしないからと懇願された。店長はチンピラ上がりだということが態度や表情からすぐに判る低レベルな男で、店で働いている女の子にもすぐにちょっかいを出す手癖の悪い奴だった。実際、関係を持った子もいたようだった。

あんまり電話がひんぱんでしつこかったので、めぐるは何度か会ったことがあり名刺をもらっていたオーナー男性に電話をかけて、何とかしてもらえないかと頼み、店長が女の子に手を出していることなども話した。オーナーは五十代ぐらいの見た目は遊び人風だったが、働いている女の子に対しては礼儀正しくて「いつもありがとうね」と声をかけてくれる人だった。同じ店で働いていた子によると、オーナー自身は堅気だけれど、ヤクザの共同経営者がいるとのことだったが、実際どうなのかは知らない。ただオーナーは、「判った。嫌な目に遭わせてしまってごめんね」と言ってくれ、もうそういう電話がかからないようにするから、と約束してくれた。

店長からの電話は確かになくなったが、数日後、代わりに実家の母親から「どういうことなの」と詰問する電話がかかってきた。匿名の電話があって、めぐるがピンクサロンで働いていたということや、源氏名がどうで、どんな仕事ぶりだったかといったことを告げられ、さらには、店で客が指名するときに使っていた源氏名入りの顔写真と給与明細のコピーまで速達で送られてきたという。

匿名電話の声の特徴を聞いて、店長だと判った。母親から「お前は魚貫家の恥だ」と涙声でののしられ、めぐるは言い訳じみたことを言う気をなくして、母親がわめいてる途中で電話を切った。後日、また母親から電話がかかってきて、お父さんが二度と実家に帰ることは許さないと言っていると告げられ、お前みたいな娘を持って恥ずかしいと言われた。

オーナーに再度電話をかけたところ、店長はクビにしたと言われた。ということは、クビにされた腹いせにあいうことをした、ということらしかった。もしかすると、実家へのチクリ電話の黒幕は実はオーナーなのでは、とも思ったが、実際のところは今も判らない。判ったところで実家との間にできた溝はどうせ埋まらないのだろうから、今となってはどうでもいいことだった。一つはっきりしているのは、娘が風俗関係の仕事をしたことを父親と母親は今でも許さず、家の恥だと決めつけて、親戚の結婚式にも呼んでくれない、ということだった。

午後は賃貸マンションから携帯でツケを払ってもらっていない客に催促の電話をかけた。最近あまりいらっしゃいませんがお元気ですか、というあいさつから入り、実はお支払いいだいてない分がございますので、いただきに参りたいと思いますが、と本題に入る。するとたいがいは、最近忙しくて払いに行く時間がなかった、といった言い訳をし、仕事場ではなく、近くにある別の建物や公園を待ち合わせ場所に指定してくる。

この日は四人に電話をかけて、二人は待ち合わせを了解、一人は会社を辞めてしまって連絡先不明、もう一人は「そんなにツケがあるのはおかしい、もっと金額が少ないはずだ」とごねられてやや険悪な感じになったが、来月中に払う、ということで合意できた。連絡先不明の一人は、金額もそれほどではないので、扱いは保留ということにした。

胸元にフリルをあしらった薄紫のブラウス、その上に黒っぽいパンタロンスーツを身につけて、運動を兼ねて自転車で、待ち合わせの約束をした二人に会いに行った。

一人目が待ち合わせ場所に指定したのは会社近くにある駅の構内、もう一人は会社裏の駐車場。いずれも、約束の時間になっても姿を見せないので、携帯から改めて電話をかけて呼び出した。財布から支払い分を出すとき、たいがいの客は店で飲んでいるときとは別人のように不機嫌そうな顔つきで、めぐるが領収書と一緒に店の名前が入った使い捨てライターを渡しながら「またいらしてくださいね、お待ちしてますから」と笑顔で言っても、ろくにうなずきもしないで仕事場へと戻って行く。めぐるは、相手が途中で振り返るかもしれないので笑顔を保ったまま、「だったらツケにするなってのよ、馬鹿」と腹話術のように口を閉じたままつぶやいて見送る。

その後は、めぐるが「お母さん」と呼んでいる、店のオーナーである万田亜矢子《まんだあやこ》に会いに行くことにした。

彼女が住むマンションに自転車で向かう途中、差し入れ用の女性週刊誌を買うために書店に立ち寄った。あの人は花などより、こういうものの方が喜んでくれる。

雑誌を数冊選んでいるときに、〔早浦市長の異常な性欲〕という表紙の文字が目に入ったので、ぱらぱらめくってみると、若い選挙スタッフ女性同伴でラブホテルから出て来たところを撮られた写真が掲載されていた。

「あらら」と漏らしたときに、視線を感じたので見ると、そばに立っていた若い女性が会釈してきた。白地に黒い水玉模様のスカート、ブラウスの上にベージュのカーディガンという格好で、ショルダーバッグを肩にかけ、片手に雑誌を持っていた。雑誌のタイトルがちらと見えて、公募ガイドだと判った。

記憶にある女性だった。いつどこで会ったっけか。

めぐるの表情から察したようで、彼女の方から「西原課長に連れられて一度、お店にお邪魔した者です」と言った。

「あー、そうそう。ごめんなさい。会ったことある人だって、見てすぐに判ったんですけど、それ以上のことがすぐには思い出せなくて。うん、そうね、西原課長さんと一緒にいらしてくださって、途中でお帰りになったのよね、確か」

そのときの場面を思い出した。あのときは西原や井手だけでなく、四人ぐらい他の職員も一緒だった。異動してきた職員の歓迎会の二次会か三次会だったはずだ。しかしこの女性は、「すみません、私帰りますので。課長とかに聞かれたら、頭痛がするから帰ったって言ってもらえませんか」とめぐるに小声で言い、トイレに行くふりをしてそのままいなくなったのだ。会ったのはそのときだけだが、店に入って来たときから、いかにも仕方なく連れて来られて帰りたいという感じの態度だったし、他のメンバーの話にも加わらず、携帯をいじっていたので、印象に残っている。

それだけでなく、十二年ほど前に自分がもし早浦市役所に入っていたら、やっぱりこんな感じの歓迎会があって、おじさんたちとのつき合い酒の場から早く解放されたいと思ったかもしれないな、と思い、何となく一昔前の自分とそのときの彼女を重ねてみたりもした。だから、一度店に来てすぐに帰った女性にしては記憶に残っていたのだ。

思い出したお陰で、苗字も思い出した。

めぐるが「確か、宮内さんというお名前だったわよね」と言うと、彼女は「えーっ、どうしてそんなことまで覚えてるんですか。私、名前言いましたっけ」と目を丸くした。

「いえ、あなたが帰った後で、西原さんが、宮内さんはいついなくなったって言い出したから」

「あー、そうですか。翌日、西原課長から説教されました」彼女は少し首をすくめて苦笑いした。「自分の歓迎会なのに勝手に帰るとは何ごとだ、そんなことをやっていたら職場になじめず、困ったときに誰も助けてくれないぞって」

あの男はいかにもそんなことを言いそうだ。

「でも凄いですね」彼女はめぐるをまじまじと見た。「一回来ただけの客の名前を覚えてるなんて」

「商売柄、お客さんの名前と顔を覚えることは習慣になってるから」

名前と顔を一致させるために、めぐるは連想暗記法というのを使っている。ラウンジで働いていた三十前後の頃、先輩の一人から教えてもらった方法で、苗字とその人物とを関連づけた、現実にはちょっとあり得ないような場面を思い浮かべておく、という手だ。宮内であれば、お宮の内側に立っている彼女を思い浮かべる。場違いな様子がかえって記憶に刻まれやすくなり、顔を見ただけでその情景が思い出され、宮内という苗字が自動的に浮かんでくる。

「あの、ついでにちょっと伺ってもいいですか」

「何？」

「私、世間知らずなものですから、変な質問になっちゃいますけど、チーママって、どういうママのことなんですか」

確かに変なことを聞くなあと思いつつ、めぐるは「雇われママのことだけど。店の持ち主、つまりオーナーが別にいるわけ。それに対して、自分で店を持ってるママはオーナーママ。会社でも、オーナー社長と雇われ社長がいるでしょ。会社の株式を握っていて、重要事項を決定できる力を持ってる場合がオーナー社長」と答えた。

「あー、そういうことか」彼女は納得顔でうなずき、「ありがとうございました」と頭を下げた。

めぐるの表情から察したらしく、彼女は「実は私、シナリオを書く勉強をしてるんですよ、職場には内緒で」と続けた。「でも、世間知らずなせいで、意味がよく判らない言葉とかがいっぱいあって。チーママというのは、さっき昼食中にちらっと聞いた他人の会話に出てきてたんですよ。その言葉自体は聞いたことあったけど、正確にはどういう意味なのかなって、気になっちゃって。携帯使って検索してみようかと思ってたところにママさんと出会ったものですから、利用させていただきました。すみません」

「いいわよ、いいわよ。利用していただいて光栄だわ。へえ、シナリオ。すごいわね」

「まだ新人賞に応募してる段階で、たいした結果は出してないんですけどね」

めぐるは一瞬、自分も掌編小説を書いたりしていることを口にしようかと思ったが、あんたがやってることと同列にしないで、などと心の中で笑われそうな気がして、言葉を飲み込んだ。彼女は、たいした結果は出してない、と言った。ということは、そこそこの結果であれば既に出している、ということのようである。

「じゃあ、本格的にプロを目指してるってこと？」

「はい」彼女は迷いのない態度で肯定した。「テレビドラマとか映画の脚本を書く仕事を目指してるんです」

「じゃあ、あれなの。新人賞などで入選したりとか」

「ええ、まあ。まだ大きな賞で一番になってはいないんですけど、入選だけなら何度か」

やっぱりそうか。

「へえ、知り合いの中にそんな人がいるなんて、びっくり。頑張ってくださいね」

「ありがとうございます。でも、何で一度しか会ったことがないママさんに、こんなこと私しゃべっちゃったのかなあ。職場でも、家族にも内緒にしてたのに」

直感的に、同類の匂いがしたから、かも。だとしたら光栄なことだ。

「知り合いだとかえって言いにくいことってあるからじゃないかしら」めぐるはうなずいた。「私の店に来るお客さんなんかも、家族や同僚には言えないようなことを打ち明けてくれたりすることがあるから」

「ああ、そういうものかもしれませんね。確かにママさんの顔を見ると、口が緩んでしまうっていうか、そんな雰囲気ありますしね。特殊能力ですよね、それって」彼女は笑いながらうなずいた。「あ、そうだ。スナックのママさんがいろんなお客さんの話し相手になってるうちに、事件の真相が判ってくるっていうミステリーとか、いけるかも。どうかな。駄目かな。プロット次第だろうな」

後半は独り言のようだった。この熱心さは見習うべきだろう。

彼女からはさらに、スナックカウンターの奥はどうなっているのかとか、何か印象に残っている出来事はないかとか、いくつか質問をされて答えることになり、しばらく書店内での立ち話が続いた。そうするうちに彼女が「あっ、いけない、仕事で移動中だったんだ」と表情を変えて、足止めしていろいろ厚かましい質問をしたりして、すみませんでした、と頭を下げ、公募ガイドを棚に戻して、じゃ失礼しますとさらに一礼した。

しかし彼女は行きかけた足を止めて振り返った。

「近いうちに、一人で飲みに行きますから、またいろいろ質問させてください。本当にいつか、ママさんから聞いた話を参考にして何か書くかもしれませんから」

「いいわよ」

「あ、西原課長とかとかち合わないように、行く前に電話します」

「はーい」

彼女は再び行きかけて、また立ち止まった。

「あ、さっきのこと、これで」と口にチャックの仕草。

「はい、これね」とめぐるも同じ動作をして、うなずき、彼女が出て行くのを見送った。

これは負けられないな。何だか、カンフル剤を注入されたような気分だった。

書きかけの児童小説、いいものに仕上げないと。それが入賞できたら、彼女に「実は」と披露しようか。刺激し合える創作仲間になれるかも。

書店を出て自転車を漕いでいる途中、二台の選挙宣伝カーがめぐるの横をゆっくり追い越し、その際ウグイス嬢が「自転車のお嬢さん、こんにちは。気をつけて行かれてくださいね」と拡声マイクで声をかけてきた。何がお嬢さんだ、しらじらしいと思いながら視線を向けると、白い手袋をした見覚えのある初老の男が笑いながら手を振っていた。

市長だった。そういえば日曜日は市長選だ。めぐるは政治のことに詳しくはないが、投票にはできるだけ行くことにしている。

ラウンジコンパニオンの仕事をしていたときに、ときどきテレビで見かける白髪の政治ジャーナリストが来店して、そのときに聞かされた話がきっかけだった。その政治ジャーナリストは、昔の人たちは権力者との血みどろの戦いを経て選挙権という重要な権利を獲得したのに、現代の若者たちはその投票する権利を放棄して、権力者たちを喜ばせている、政治に関心がないというのは格好いいことではなく、人間として間抜けなんだと力説し、君らも選挙にはちゃんと行けよ、と言っていた。水商売の仕事は、下品で卑わいな話ばかりでなく、高尚な話を聞く機会もままある。

今度の市長選では、対抗馬になりそうな有力候補者がおらず、現市長の三期目当選は間違いないと言われている。めぐるは、その安易な再々選に対する批判票として、誰か別の候補者に投票するつもりだった。

万田亜矢子が住むマンションは、市内で一番大きな河川である早浦川沿いにあり、周辺は農地が多いが、最近宅地開発されて建て売り住宅団地が増えてきている。

念のためにと思ってマンション近くにある割と大きな公民館に寄ってみると、案の定、玄関の下駄箱の中に彼女の履き物があった。流派のことはよく知らないが、彼女は昔から日舞を続けており、公民館などでは師匠に代わって指導することもある。ただし、のどの肉腫《にくしゅ》を切除して言葉を話すことができなくなったので、気の知れた馴染《なじ》みの仲間に身振り手振りで教えているだけだという。

また出直そうかと思いながら受付前から廊下の方を窺《うかが》っていると、ちょうど練習が終わったところだったようで、和服姿の年輩女性たちがぞろぞろと出て来た。その中に万田亜矢子もおり、彼女はめぐるをすぐに見つけて手を振ってきた。六十代後半だが、踊りをやっているせいか、動作はきびきびしている。

公民館内にある談話室のテーブルで、自動販売機で買ったペットボトルのお茶を飲みながら少し話をした。話といっても万田亜矢子の方は、いつも持ち歩いているメモ帳に言葉を書いて見せる形になるので、しゃべるのはめぐるの方だけである。ただし、めぐるが差し入れの女性雑誌を渡したりしたときなどは、いちいちメモ帳に書かず、口の形だけで「ありがとう」を伝えたり、イエスかノーの返事だけで済むときは、頭を縦に振るか横に振るかだけで済ませることが多い。文字に頼るのは、少々込み入った話をするときだけだ。

この日も、不景気続きのせいで平日はいつもがらがらで、一人も客が来ないこともあるとか、ツケを踏み倒そうとする客のこと、週末だけ入っているみっちゃんが最近仕事の手抜きをするようになってきたといったことをぼやいたり、腹が減ったという客のために新たに考えた軽食メニューについて意見を求めたり、芸能人の離婚の話をしたり、脈絡なく三十分ほどの時間を過ごした。

話が途切れたところで、彼女は和風のハンドバッグから紙切れを出して広げ、メモ帳に〔悪いけど、署名に協力して。〕と書いた。

「文化記念館……」

その建設推進を求める署名らしい。文化記念館といえば、ときどき来る西原や井手が担当している市役所の事業だったはずだ。

文化記念館を建てた方がいいのかどうかは全く判らないが、別に署名ぐらいしても構わない。

「お母さんの踊りの団体と関係あるの？」

彼女は少々顔をしかめながらうなずいた。文化記念館ができれば、踊りを披露する機会が増えるということで、署名集めを分担させられているらしい。めぐるはペンを受け取って氏名住所などを書き込みながら「お客さんのなかに、その事業を受け持ってる役所の課長さんと係長さんがいるわよ。お母さんが店に出なくなってから来るようになった人たちだけど」と言うと、彼女はペンを寄越せとめぐるに催促し、メモ帳にこう書いた。

〔井手という係長なら、その記念館建設実行委員会だか何だかに入ってくれと言って、師匠に会いに来た。私もその場にいたから知ってる。やせてて、病気みたいな人。〕

めぐるは笑った。確かにそんな感じだ。

「へえ、会ってるんだ。その井手さん、西原という課長と一緒に、ときどき来る人だよ」

彼女がまたメモ書きした。今度は少し長い。

〔だったら愛想よくしておけばよかった。うちよりも規模が小さい踊りの団体に先に就任依頼をしたって聞いて、師匠が怒ってねー。その井手さん、何度も頭下げてた。〕

「あー、そうなの。別にいいんじゃないの？　お母さんが怒ったわけじゃないんだし」

〔ああいう仕事も大変だね。三百ぐらいの組織や団体に依頼をして回るんだって。〕

「ふーん。あ、お母さん、店でも署名、頼んでみようか」

しかし彼女は頭を振った。

「お客さんには、くつろいでもらわないと。」

「そうね。判りました」

お茶がなくなった。何となく、ペットボトルの空気を吸い込んで、舌で飲み口を塞いでみると、思いのほか強い吸引力で舌がひっついてしまい、あわてて引きはがすと、ポンという間抜けな音がした。お母さんが、あきれ顔で見ている。

「お母さん、たまにはお店に立ったらどう？」

ごまかすような感じで聞いてみると、彼女は即座に頭を振り、メモ帳にペンで書いた。

「もう夜型の生活はやめた。すぐ眠くなって駄目。あんたから店の家賃をもらうだけでいい。」

「でも、お母さんの顔を見たがるお客さんもいるんだから」

めぐるはそう言い、前からの常連客の名前を挙げたが、彼女は顔をしかめてまた頭を振った。

「店に立つと、どうしても飲んじゃうから。」

もうその話はしないで、という感じで彼女はメモ帳を閉じた。

万田亜矢子は長年アルコール依存症に悩んでいて、のどの手術で入院したのを機会に、断酒会というアルコール依存症の人たちがお酒を断つためのグループに入会、完全にやめることはできないでいるらしいが、以前に較べると酒量はかなり減らすことができているという。

めぐるが「そうねー、お客さんから勧められると断れないしね」とうなずくと、彼女はいったん閉じたメモ帳を再び開いて、ペンを走らせた。

「あんたも気をつけなさいよ。もともとそんなに好きじゃなくても、人は習慣によって変わってくるものなんだから。」

めぐるは「はい、肝に銘じておきます」と素直にうなずいた。めぐるはアルコールに関しては好きでも嫌いでもなく、一人で飲むこともたまにしかないので、依存症になることはないだろうと思っているが、赤の他人の万田亜矢子が、実の親よりも身体の心配をしてくれることがうれしかった。

その日の夜八時過ぎにやって来た二人組の客は、サラリーマンらしき中年男と一回り以上若そうなOL風の女性で、ひそひそ声で話をしてはときどき笑い声を出していた。女の方もまんざらでもない、という感じに見えたので、めぐるは注文などで呼ばれない限り、近づかないようにした。男の方はビール、女はシンガポールスリング。

めぐるは一応、早浦市バーテンダー協会という組織に加入して、研修なども受けているので、有名な名前のカクテルであれば作ることができる。店でのカラオケをやめたときに、代わりに客を呼ぶためにと思って勉強を始めたのだが、注文してくれる客は少なく、ライムやオレンジジュースなどの買い置きが賞味期限切れになることがよくある。だから最近は、オレンジジュースなどもできるだけ小さなパックのものを仕入れるようにしている。

肌を叩《たた》くような音がしたので見ると、女が「何よっ」と立ち上がるところだった。そして、コップの水を男にかけた。

「あらあら、どうしたんですか」と言いながらカウンターの中を移動して男性におしぼりを渡そうとすると、女がそれを受け取って、男に投げつけた。

「今の見たでしょ」と女に言われ、めぐるが「はい」と答えると、奇妙な間ができた。

「そうじゃなくて」と女が続けた。「この人、私を叩いたじゃないですか。それを見たでしょと聞いてるんです」

「あ、いいえ、それは見てません。それらしい音は聞こえましたけど。叩いたんですか、女性を」

男性は髪から水をしたたらせながら、憮然《ぶぜん》としたまま、返事をしない。

「女に手を上げるなんて、最低」女はそう言い、男性の前にあったコップに手を伸ばし、めぐるが止める暇もなく、また水をかけた。

「お客さんっ、困ります」

するとと男が突然立ち上がって、女の髪の毛をわしづかみにして振り回した。女が悲鳴を上げながらよろける。

「やめてくださいっ」めぐるは叫んだ。「警察を呼びますぞっ」

あーっ、こんなときに何を言ってんのよ。

「人を利用するだけして、他に男ができたから別れるだとっ、だったら何度も肩代わりして払ってやったカネを返せっ」

「やめてって言ってるでしょ」めぐるは大声を出した。「本当に警察を呼びますよっ」

そのとき、突然男がうめいて、片足を押さえるような姿勢になって尻餅をついた。女がその男をさらに踏みつけようとし、男が足で蹴り返そうとする。女はさらにビールの小瓶を投げつけ、それが男の顔に命中した。

「あんたがしょうもない男だから別れるって言ったのよ。おカネはあんたが勝手に払っただけで、私が頼んだんじゃないわよっ、文句あるんだったら裁判でも何でも起こしなさいよっ」

女はそれだけ言うと、ハンドバッグをつかんでドアの方に向かった。一度押そうとして、開かず、「あーっ、もうっ」と怒鳴り、ドアを引いて出て行った。

男がよろよろと起き上がってきた。額の左の方が青くなっている。ビールの小瓶が当たったせいだろう。

「お客さん、大丈夫ですか」

めぐるはそう声をかけながら、調理台の隅にある麺棒の位置を確かめた。何かあったときの護身用として警棒代わりに用意してあるのだが、実際に使ったことはない。

「いててて……」男は顔をしかめながら、カウンター席に座り直した。「ハイヒールで足を踏みつけやがった。ひでえ女だ」

「何があったのか知りませんが、店の中であんなことをされちゃってられ……」あー、くそ。「ええと、困ります」

「ああ、すまなかった……」

男は頭を下げ、そのままうつむいていた。どうしたのかと思っていると、男の両肩が震え、むせび泣く声が聞こえてきた。

その後、男が話したことによると、女の借金を払ってやって、つき合うようになったのに、その借金がなくなった途端、別れを告げられた、ということのようだった。哀れな男だと思ったが、若い頃の自分と同じだと気づいて、苦いものがこみ上げてきた。

お客さん、今日はもう、お帰りになった方がいいんじゃないですか。そう声をかけるタイミングを測っていると、男は顔を上げて「迷惑をかけて申し訳ない。もう帰ります」と言った。悪い人間ではないらしい。

男の額がますます青く腫《は》れて、はっきり判るほどに盛り上がっていた。

「おでこ、痛いんじゃないですか」と聞くと、男は指先で腫れたところに触れ、「あいた」と顔をしかめた。

「救急箱ぐらいならあるので、何か貼りましょう」

「ああ、すみません……」

めぐるはカウンターの奥にある、調理室を兼ねた休憩室に入り、救急箱を探した。整理棚のどこかに入れてあったはずだと思って順に引き出しを開けていったが見当たらず、しばらく室内を見回して、大型冷蔵庫の上に置いたのだと思い出した。

パイプ椅子を脚立代わりにして、冷蔵庫の上にあった救急箱を下ろすと、うっすらとほこりがかかっていた。その箱を開き、カット絆《ばん》でいいか、湿布薬の方がいいか、あるいは患部に軟膏《なんこう》薬を塗って、その上にガーゼを当てて絆創膏《ばんそうこう》で止めるべきかを考えたが、本人に聞いて決めさせることにし、救急箱を持ってカウンターの中に戻った。

男の姿がなかった。倒れているのではと思ってカウンター越しに覗《のぞ》き込んでみたが、いない。

カウンターの外に出て、トイレを見に行ったが、やはりいなかった。

ドアを開けた。ちょうどエレベーターに乗り込む男性数人を隣店のママが見送っているところだった。めぐるの店は雑居ビルの三階にあり、同じ階にスナックばかり四軒が入っている。めぐるは和服姿のそのママに、お疲れ様です、とあいさつし、「おでこに怪我をした男の人、見かけませんでした？」と聞いてみると、さっきそれらしい男性が階段を下りて行くのを見た、と教えられた。

飲み逃げ？　と訊《き》かれ、ええ、たいした金額じゃありませんけど、と答えた。せこいことをするのがいるわねえ、と同情気味に言われたが、その表情は、他人のトラブルを面白がっているようでもあった。

店内に戻って後片づけをした。床が水浸しだったので、乾いた雑巾《ぞうきん》で拭き、さらに重ねたティッシュで水分を吸い取った。

二十代のときにつき合った男の一人が頭の中によみがえった。

市役所の試験を受け損ねた後、早浦市内にあったパソコンの基板を作る工場でアルバイトをしていた時期がある。そこで出会った社員の男から、仕事のことをいろいろと教わるうちに、つき合うようになったのだが、あるとき急に、カネを貸して欲しいと言われた。友人から頼まれて連帯保証人になったせいで借金を背負うことになってしまった、とのことだった。

十万円前後のカネを、何度か渡した。そのたびに彼はめぐるを抱きしめて「すまない、必ず返すから」と言った。そして「借金すべてを返済して、君と結婚したい」と言われ、残額を教えられて何とかなる金額だったので、めぐるは消費者ローンから借りられる限度ぎりぎりまで借りて、まとめて彼に渡した。

そのお陰で彼は借金をすべて弁済できたようだったが、めぐるに何も告げずに工場を辞め、姿をくらました。携帯もつながらず、彼の上司に相談してみたところ、個人的なカネの貸し借りのことに会社は関係ないし、そのようなトラブルを起こしてもらっては困ると逆にとがめるような言い方をされた。

他の社員から情報を集めて、彼の実家を突き止めた。その際、彼の借金はローンで買ったスポーツカーで事故を起こして損害賠償を背負ったからであって、友人の連帯保証人になったというのはうそだということも知った。

実家に電話をかけて、父親らしき人物に話をすると、申し訳ない、返済するよう本人に伝えておく、と言われたものの、代わりに払ってくれそうな言葉は一切なかった。その後何度かその実家には電話をかけたものの、本人が行方知れずで連絡が取れない、こちらも困っている、などとしらを切られた。

人間不信に陥って、それ以上追及する気力をなくした。しばらくはその工場で働き続けたが、消費者金融から返済を迫られるようになり、実家の親に打ち明ける勇気もなく、工場を辞めて、ピンクサロンで働き始めた。ミニスカートのユニフォームを着て、客に密着して酒の相手をするのが主な仕事で、サービスタイムになると、座っている客の上にまたがって、身体を撫《な》で回されながら、音楽に合わせて尻を振って踊った。胸の中に手を入れられないよう、サポータータイプのブラを身につけていても、最初のうちは仕事が苦痛で、自分は人生をもう捨てたんだ、ぐらいに投げやりな気持ちになっていたが、慣れというのはたいしたもので、一か月もしないうちに触られることなど何でもなくなり、客との会話を膨らませるために新聞や雑誌に目を通したりスポーツニュースを見たりして情報を仕入れ、接客術のハウツー本を買って読み、先輩から客が喜ぶ仕草などを教えてもらうなど〔真面目《まじめ》に〕働くようになった。

借金の返済を終えた頃には、ピンクサロンのような仕事はもうやめるにしても、接客業は案外自分に向いているかもしれないと思うようになっていた。その後はいくつかの店でラウンジの仕事をし、その間に男とは三回ほど、つき合ったり別れたりというのがあった。相手はいずれも客で、三人とも、うそつきだった。一人は独身だと言っていたが妻子持ちだったし、もう一人は会社経営者を名乗っていたが親が経営する町工場を破産させただけだったし、残る一人は映像クリエイターで芸能界に知り合いが多いことを自慢していたが実際は小さな映像プロダクションの雑用係だった。そんなこんなで、三十を越えた頃には、どうせ男なんてろくなのがいないから、結婚なんかしたくない、恋人も要《い》らないと思うようになり、今に至っている。

カーペットのしみが何とか消えて、一息ついたときに、携帯電話が振動した。カウンターの中に戻って手に取ると、みっちゃんからだった。

嫌な予感がした。彼女には明日金曜日と明後日土曜日に入ってもらうことになっている。

「お疲れ様です。ママ、今いいでしょうか」

みっちゃんはいつもよりかすれた声だった。

「はい、いいわよ。どうしたの、何か元気ない感じの声みたいだけど」

「それが……実家の母親が倒れちゃいまして、急遽《きゅうきょ》私が加勢しなきゃいけなくなっちゃったんです」

彼女の実家は隣市で弁当宅配業をやっていると聞いている。

直感的に、母親が倒れたというのは、うそだなと思った。話し方が妙に早くて、言いにくいことをとっとと吐き出してしまいたい、という雰囲気があった。

「まあ、お母さんが。大丈夫なの」

「命に別状はないんですが、過労だそうです。それで、しばらく手伝ってくれと頼まれてしまいまして」

「ほんとに。じゃあ、手伝ってあげて、こっちのことは気にしなくていいから」

「すみません。それで、あの……いつまで手伝わなきゃいけないか、はっきりしないものので、申し訳ないんですが、お店の方は一応、お暇をいただく、ということでお願いしたいんですが」

「あ、そう。判りました。お母さん、早くよくなるといいね」

「ご心配かけてすみません。では失礼します」

しばらく反応を窺うような間があり、それから切れた。

彼女はきっと、別の仕事を見つけたのだろう。もっと時給がよくて、同年代の女の子たちがいてより楽しい仕事を。それを正直に言うのがはばかられて、作り話をした。相手に不快な思いをさせない、という思いからかもしれないが、直前に言ってくるのは不誠実というものだろう。もっとも、みっちゃんがいなくても店は回せるし、それが判っているから今こうして電話をかけてきているのだろうが。

めぐるは「どいつもこいつも、うそつきばっかり」と声に出して、水を吸ったティッシュのかたまりをゴミ箱に投げ入れた。つもりだったが、ゴミ箱の縁にべちゃっと当たって、ゆっくりとゴミ箱の側面を這《は》うようにして床の上に落ちた。

その後しばらくは客が来なかったが、十時前に高浜さんがやって来た。髪の薄い小太りの男性で、年に何度か地味なスーツ姿でふらりとやって来て、つまみなしでギムレットやマティーニだけを三、四杯飲んで帰るのがお決まりのパターンである。年は五十代後半ぐらいだろう。世間話ならするが、自分のことはしゃべらない人なので、何の仕事をしているか知らないが、年に何度か近くのホテルで会合のようなものがあり、そこに顔を出した後で店に寄っている、というようなことは聞いたことがある。静かに飲んで現金払いをしてくれる人なので、めぐるにとっては、いいお客さんの一人だった。カクテルを注文してくれるのも、ちょっとうれしい。

めぐるが「いらっしゃいませ。お久しぶりですね」と笑いかけると、高浜さんは「うん、ちょっと寄り合いがあってね」と、少し照れたような顔で、出入り口に近いカウンター席に座った。

「同業者の組合の集まり、でしたよね、確か」

「うん、まあ、そんなとこ」

高浜さんはこの日もぼかした言い方しかせず、マティーニください、と注文した。

シェイカーを振ってグラスにそそぎ入れたときに、高浜さんが「何か、カーペット、湿ってないかな、この辺だけ」と、下を見回した。

「ごめんなさい。お客さんが水をこぼしちゃったものですから。席、移動しますか」

「いや、別にいいよ、ちょっと湿ってるような感じがしただけだから。酔っぱらってコップを落としたわけだ」

高浜さんはそう言い、グラスを引き寄せて口をつけた。

「それが、落としたんじゃなくて、女の人が連れの男性に水をかけたんですよ、二回も」

めぐるは苦笑して見せ、年の差があるカップルだったことや、別れ話が原因で喧嘩を始めたらしいことなどを含めて、さきほどの出来事を話した。

「店を汚された上に、飲み逃げされたとは災難だったね」

「ええ、ほんとに」

「お店をやってると、いろいろあるんだろうね、我々が気づかない苦労ってのが」

「でもまあそれは、どういう仕事でもあることですからね、私だけが大変なわけじゃないので、文句は言えません」

「ママ、悪いけど、水を一杯もらえるかな。氷なしで」

「はい、お待ちください」

今まで高浜さんからは水を求められたことがなかったので少し戸惑ったが、のどが渇いてるんだろうと思い、ポットからガラスコップに冷水を注いだ。水割り用の水は、業務用の店でミネラルウォーターを買っているが、無料で出す水は、水道水を汲《く》み置きしたものを使っている。一日以上置いておくと、塩素臭も抜けて、普通の人はミネラルウォーターと区別がつかない味になる。

高浜さんはそのコップにほんの少し口をつけただけで、「マティーニのお代わり、お願いします」と言った。

めぐるがあらためて作ったマティーニを差し出すと、高浜さんはさっきのコップをめぐるの目の高さに上げて見せた。

「水しか入ってないよね、これ」

一瞬、何か言いがかりをつけられてるのかと思ったが、高浜さんは微笑《ほほえ》んでいた。めぐるはコップを一応観察してから、「ええ。水だけですね」とうなずいた。高浜さんは、五本の指でコップの底を下からつまむようにして持っているので、手や指で隠れている部分などはない。

高浜さんは、もう片方の手を上げた。指先に一枚の百円玉をはさんでいる。

「この百円玉を、横から入れてみるから、見てて」

高浜さんはそう言い、百円玉でコップの底に近い側面を軽くコンコンと叩いた。

へえ、マジックか。

「横からって、コップを突き抜けて中に入れるってことですか？　それはいくら何でも」

すると高浜さんは目尻を下げて笑い、さらにコンコンとコップを叩く音をさせた後、「よっ」というかけ声と共に軽くコップを振った。と同時に、コップの底で百円玉らしきものがきらっと光りながら倒れるのが見えた。

「はい」と差し出されたコップを受け取ると、水の底に百円玉が沈んでいた。うそ。コップを受け取って揺らしてみると、底の百円玉が動いた。どう見ても、本物の百円玉が入っている。でもさっきは絶対に入ってなかった。

「えーっ、凄いーっ」めぐるはいつもより高い声を出して、手を叩いた。「本当にコップの中を突き抜けて中に入ったみたいー」

高浜さんは、ちょっとがくっとなったような仕草を見せてから、「まあ、実際には抜けてなんかないんだけどね、確かに」と苦笑して、二杯目のマティーニに口をつけた。

「高浜さんが、こんなに凄い手品をなさるなんて、知りませんでした」

「まあ、ここには飲みに来るだけだから」高浜さんは赤ん坊みたいな顔で笑った。

「でも、飲み逃げの話を聞いたから、ちょっと楽しんでもらおうと思って」

「さっきのあざやかな手つきからして、かなり長い間やっておられるんじゃないですか」

「まあ、キャリアだけは長いかな。二十代のときに、女性にもてようと思って始めたんだけど、そっちの方は全然駄目でね。でも、人がびっくりする顔を見るのが楽しくて、もう三十年近く続けてるよ」

「プロ活動をなさってるんですか」

「いやいや、本業はしがない自営業者だよ。マジシャン連盟っていうグループに所属してるもんで、子供向けのアトラクションとか、地方イベントのステージなんかに、たまに呼ばれることがあるぐらいのもので。まあ、趣味を兼ねたアルバイトってとこかな」

「へえ、そうですか。じゃあ、うちにいらしてくださるのは、そのマジシャン連盟の会合か何かがあったときってことですか」

「そういうときもあるけど、今日は、全く別の、市民団体の会合の帰りなんだ。市役所や県庁の税金の使い方なんかを監視する団体」

「へえ、そうなんですか」

この人、意外な一面をいろいろ持ってるんだ。

「ところで、さっきのマジック、どうやったか判る？」

高浜さんはにやにやしながら、マティーニをすすった。

「えっ、教えてくださるんですか。マジシャンの方にタネを聞くのはマナー違反だと思ったから、遠慮してたんですけど」

「うん、確かに聞くのはマナー違反。でも、このマジック自体はあちこちでタネ明かしされてるやつだから。ただしその前に、ママさんの推理を聞いてみたいね」

「えーっ、困ったなあ」めぐるは苦笑して腕組みした。「百円玉が入ってるコップと入ってないコップを一瞬のうちにすり替えた……というのはあり得ないし……一瞬の早業で百円玉を投げてコップでキャッチした。指で小さく弾いただけだから、投げたようには見えなかった、というのは？」

高浜さんは噴き出した。

「そんな難しい早業できないよ。実はね、単純なトリックがあるんだ」

「うーん……」しばらく頭を絞ったが、無理だったので「降参です」と頭を下げた。

するとと高浜さんは、さっきの百円玉入りのコップを手に取り、指を突っ込んだ。

差し出されたコップの中で、百円玉がコップの内側にもたれる形で立っていた。

「百円玉、入ってるよね」

「はい、入ってますね」

高浜さんは、そのコップをゆっくりと回した。正面に見えていた百円玉が徐々に左に移動して、長細い形になってゆく。そして九十度ほどコップが回転したところで、その長細い形がふっと消えた。百円玉が倒れたのかと思ったが、底にもない。

「あれっ……」

めぐるが絶句していると、高浜さんはコップを逆方向にゆっくりと回した。すると再び百円玉の細長い姿が現れた。

「これがタネ。水が入ってるコップの中で百円玉を縁にもたれさせて立たせると、正面からはちゃんと見えるけど、九十度回転させると、光の屈折などのいたずらで、見えなくなるんだ。実際にはちゃんとコップの中に入ってるのに、角度によっては姿が消えてしまうわけ。コツは、コップを上から見たときに、正確に三時か九時の位置に百円玉を移動させること。相手が顔を動かしたら、それに合わせてコップも微妙に回す必要があるんだ。でもこれは練習すれば大丈夫」

「へえ、そうなんだ。毎日、コップがある仕事場にいるというのに、そんなこと全く知りませんでした」

「まあ、ほとんどの人は知らないからね、そういうことは」

めぐるはそのコップを自分で持って、ゆっくり回してみた。百円玉が真横に来ると、確かに見えなくなる。軽くそのコップを揺らすと、百円玉が倒れた。

「高浜さんは、マティーニを注文して、私が後ろを向いたりしてる隙に、百円玉を入れてたんですね」

「そのとおり。聞いてみたら単純なことでしょう。マジックというのは人間の先入観や錯覚を利用するのが基本で、タネはたいがい、こんなもんなんです」

高浜さんは言いながら、おしぼりを両手で丸め、手の中に隠してから開いた。

そこには、丸められたおしぼりではなく、花弁がまだ開きかけの、赤い小さなバラがあった。

「こっちのタネは教えられないけど。はい、どうぞ」

「わあ、ありがとうございます」

受け取ったバラのつぼみに鼻を近づけると、ほのかに香りがした。めぐるはグラスに少しだけ水を入れて、その中にバラを置いた。茎の部分が短いので、活《い》ける、というより浮かべるような感じだった。

やっぱり、人と違う取り柄があるって、いいものだな。

それに較べて自分のだらしないこと。若い頃はエアロビクスやスイミングに通いもしたし、この店で雇われママをするようになった後も、カルチャー教室のトールペインティングや社交ダンスを受講したりしたが、結局どれも続いていない。携帯小説だって、このところ落選続きで、挫折《ざせつ》しそうな予感がある。

「高浜さん、やめようと思ったことはないんですか、マジック」

「ありますよ。若い頃は、それで食って生きたい、などと大それたことを考えたりしてましたから。だからそれをあきらめたときに、一度やめてるんです。でも、気がついたらまた始めてました。一人でこつこつ、合間を見つけてできるから、ということもありますけど、やっぱり、見た人がびっくりしてくれるというのが楽しくてね」

「高浜さんに向いてたんですね、きっと」

「どうでしょうか。でも、特に何も考えないで、やりたいからやってるってだけですよ。嫌になればやめればいいし。でもね、ある程度高いところまで登ったら、それが自分自身になっちゃうから、そうなったら簡単には手を切れなくなるものです。ちょっと判りにくい言い方かな」

めぐるは「いいえ、判ります、判ります」とうなずいた。

そうか。何をやっても続かなかったのは、そういう高さにまで登ったことがないからなんだ。

今書いている児童小説が何らかの結果を出すことができたら、簡単には手を切れなくなるのかもしれない。ある程度高いところまで登ったら、見える景色が違ってくるのかもしれない。

それに……面白い物語は、マジックに負けないぐらいに、人をびっくりさせたり、笑わせたりもできる。それだけでなく、泣かせることだってできる。マジックみたいに、それを目の前で確かめることができないだけで、どこかで誰かが、さまざまな表情を作り、心を揺さぶられているかもしれないのだ。

そのことに思い至って、めぐるは、あらためてやる気が湧《わ》いてきたことを自覚した。

高浜さんのマティーニが空になっていた。

「お代わり、いかがですか。次の一杯はサービスさせていただきますから」

「いやいや」高浜さんが恐縮した様子で片手を振った。「さっきのマジックは、飲み逃げをされたって聞いて、少しでも楽しい気分になってもらおうと思っただけのことだから。それに対してお礼をされたら、意味がない」

「ええ、でもマジックに対するお礼じゃないんです。別のことでお礼がしたいんです」

「え？　私、何かしましたっけ」

「ええ、とても貴重なことを教えていただきました」

きょとんとしている高浜さんにめぐるは背を向けて、マティーニのお代わりを作るためにジンのボトルをつかんだ。


大平和之が店にやって来たのは、高浜さんが帰った後、客が来ないまま一時間ほどが経過していたため、携帯電話で児童小説の続きを打ち込みながら、そろそろ閉めようかと思っていたときだった。大平和之は「相変わらず商売繁盛だねえ」と皮肉を言いながら、一番奥のカウンター席に座り、隣の席にブリーフケースを置いた。接待の後なのだろう、タバコを吸わないはずの彼のグレーのビジネススーツから、かすかに煙の匂いが漂い、目の周りが少し赤くなっていた。彼は飲むとよくこうなる。

「ごあいさつね。もう飲んでるんでしょ。帰って寝たらいいのに」

「接待の酒だけだと眠れないの。ここからは自分の酒の時間」

彼は週に二回か三回、やって来る。たいがいは、遅い時間だ。

「もう閉めようと思ってたんだけど」

めぐるがおしぼりを渡すと、彼は顔と首を拭いて、ネクタイを緩め、「売り上げに貢献するんだ、迷惑そうに言うなよ」と、丸めたおしぼりを投げて返すふりをした。

キープしてあるウイスキーのボトルやタンブラーセットを出して、水割りを作った。飲んで来た後なので、やや薄めの水割りにした。

「何か食べる？」

「腹は減ってないけど、これをちょっと皿に盛ってくれるかな。後は店で使ってくれ」

そう言って彼は、ブリーフケースからビーフジャーキーの袋を出した。彼はときどき、コンビニなどでこういうものを買って持って来てくれる。

「あら、悪いわね」

「もう閉めるんだったら、君もやれよ」

「そうね、じゃあ、ちょっとだけ」

めぐるはビーフジャーキーを小皿に載せて出し、自分用の水割りを作った。彼から「お疲れさん」と促されて乾杯。彼が遅い時間にやって来るのは、一緒に飲もうというのも理由の一つなのだろう。

「仕事は相変わらず忙しいの」

「まあね。忙しい割には営業成績が今ひとつで、怒られてばっかりだよ」

彼は怒鳴りつけるタイプの上司が苦手で、遠くの営業所に長期出張していた二十代のときは、典型的なその手の上司と組まされてノイローゼ状態になったらしい。もう耐えられない、辞めようというところまで追い詰められたが、その上司が別の営業所に移り、新しい上司は打って変わって温厚で部下をおだててくれる人だったため、その後も続けることができたという。確かに、中学時代も彼は、怒鳴りつける強面《こわもて》教師が近くにいるだけで青くなって動きがぎこちなくなっていた。ただ、十年以上のサラリーマン生活を続けるうちに、そういう苦手意識もかなり克服できた、とは彼自身の弁である。実際、病院相手の営業仕事は、キックバックを要求されたり、大病院の夫人から雑用を頼まれたり、接待の席で説教めいたことを言われたり、いろいろあるらしい。中学生時代を一応知っているだけに、彼にしてはかなり頑張ってるようではある。

めぐるが「このビーフジャーキー、美味しいね」と言うと、彼は「これが一番旨いやつなんだ。俺、子供のときから好きでね、親父が出張に行くときはお土産にビーフジャーキーを買ってって、行き先に関係なくおねだりしてたよ。親父はリクエストに応《こた》えていつも買ってくれてたけど、途中からはおふくろがその辺で買って、隠しといたんだって。大人になるまで気づかなくてね、そのこと」

めぐるは一瞬、自分がこの男と所帯を持っていて、子供たちと一緒に出張土産のビーフジャーキーを食べながら笑っている様子を想像した。子供は男の子二人で、やんちゃそうな顔。和之は、ビーフジャーキーを嚙《か》んでいる息子たちを眺めて笑っている。

んなわけ、ない、ない。めぐるは頭から振り払った。

「ところでさ、俺、明日から三日間、久しぶりにまとまった休み取れたんだよ。といっても、三日目の日曜日は接待ゴルフが入っちゃってるから、事実上二日の休みなんだけど。よかったら金曜か土曜に、どっか行かないか」

また始まった。何度断られてもへこたれないタフさは、営業仕事で培《つちか》ったのか。

「どっかって、どこよ」

「どこでも。ドライブでもいいし、映画でもいいし。夕方までに帰れば、店の仕事はできるだろ」

「断る」

「どうして」

「私、朝は早く起きられないし、掃除とか洗濯とかしたらすぐに昼を過ぎちゃうし、店のツケがたまってるお客さんに電話かけたり、取り立てに行ったり、軽食の仕込みをしたりしてるうちに夕方になるもの。車酔いしやすいたちだからドライブは好きじゃないし、映画はレンタル店でDVD借りてちょくちょく観てるから、わざわざあんたと一緒に映画観ようとは思わないもん。前にもそう言わなかった？」

「さあ、俺は過去を振り返らない人間だから」

「それに、みっちゃんが急に辞めるって言ってきたから、金曜土曜は私一人でお店回さなきゃなんないの。だからデートなんかする気になんない。はい、この話はおしまい」

彼が空になったグラスを差し出したので、お代わりの水割りを作った。その間、彼は黙っていたが、新しい水割りを一口飲んでから言った。

「よし、じゃあ、金曜日と土曜日、俺が店を手伝うよ。グラスを洗ったり、後片づけをしたりっていう雑用仕事なら、俺でもできると思うから」

何を言い出すかと思ったら、この男は。あきれて見返したが、彼は笑っている。

「あんたにそんなことをしてもらったら、かえって高くつきそうだから、遠慮させてもらうわ」

「遠慮するなって。バイト代とか、いらないし。社内規則で、副業は禁止ってことになってるから、あくまで困ってる知人の手伝いってことで」

「何回も袖にされてきたのに、ある意味、凄い人よね、あんたって」

「ありがとう」

「私が何度も男で失敗して、もうこりごりだっていう話、したわよね。何回目かにあんたからドライブだか食事だかに誘われたとき」

「うん、聞いた。結婚する前に関係が破綻したのは、幸運だったんじゃないかって、言った覚えがある」

「ピンクサロンで働いてたことだってあるのよ」

「それも聞いたって。客がいない日に二人でここで飲んでて、君はそのときはえらく酔っぱらっちゃって、急にその話をしてきたんだよな。借金を返すためにやったんだろ。で、俺が、それを知ってたら毎日指名したのにって言ったら、君は俺の胸ぐらつかんでさ、もう来るなって怒鳴って、ビンタされたんだ」

　頭の芯がかーっと火照《ほて》るのを感じた。あのときは醜態をさらしてしまった。

「なのに何でその後も店に来続けてんのよ」

「そういう、あまり人に言いたくない過去みたいなのがあった方が、口説きやすくなるかなーって」彼は笑って水割りで口を湿らせた。「俺だって女性で失敗した話、しただろ。風俗店に行ったことがあるって話も。だからお互い様だ」

　何、格好つけてんのよ、このしまりのない顔で。

「あのね、私は、運命とか縁とか、そういうのは信じない主義なの。あんたと同郷で中学と高校が同じだったのは、ただの偶然。その程度の縁は、他にいくらでもいるわよ。だから、あんたがたまたまこの店に一見さんとしてやって来たのも、ただの偶然。それをあんたはおおげさに、運命的な解釈をしてるだけ」

去年の九月上旬だった。残暑が厳しい日で、彼はハンカチで汗を拭きながら店に入って来て、「あー、涼しい」と言い、めぐるの方を見て「あ」と表情を固まらせたのだった。めぐるの方は、誰なのか判らなかったのだが、彼は「魚貫さん……」と口にし、接待で飲んだ後で、帰宅しようと思って近くを歩いていたが暑かったのでしばらく適当な店に入って涼もうと思ってたまたま入ったのがここだったと、興奮した口調で説明したのだった。彼はその日、何度となく「何か、劇的な再会だよね」とか「偶然とは思えない」などという言葉を口にしていた。

「いいや、ただの偶然じゃないよ」彼は人さし指を立てて振った。似合わない仕草だ。「中学では放送部で一緒だったし、高校も同じ。その後全く別々の人生を進んだはずなのに、今はこの店でちょくちょく顔を合わせてる。運命的なものを感じない方がどうかしてるんじゃないの」

「高校が同じといっても、一度も同じクラスじゃなかったし、しゃべりもしなかったじゃないの。それは要するに、縁がなかったってことよ」

彼はなぜか、余裕の笑みを浮かべて、水割りを飲み干し、グラスをコースターの上に置いた。氷が動いて、カランと音をさせた。

「実は、君との再会はこの店だけじゃないんだな。十二年前に早浦市役所の二次試験に間に合わなくて落ちたっていう話、この前聞いたじゃん。大雨に降られたせいで」

急に話が妙な方向にきたので、めぐるは面食らった。

「あんたが十二年前の就職活動時期の話を振ってきたから、仕方なく話しただけでしょうが。私が勝手にしゃべった、みたいな言い方しないでよ」

「まあまあ」彼は両手でなだめるような仕草をした。「ところで、お代わりをお願いしたいのでございますが」

めぐるは彼を睨《にら》むように見返し、小さく舌打ちしながら、水割りを作った。何か企んでいそうなこの態度、やな感じ。

「なぜ十二年前の就職活動の話を俺が君に聞いたかっていうとだね、ある記憶について確かめたかったからなんだ」

「何それ。ちゃんと判るようにいいなさいよ」

作った水割りを少し乱暴にコースターに置いたので、こぼれて指が濡れた。

「今から言うってば」彼は笑って、水割りに口をつけた。「十二年前の八月下旬のその日の朝、急に局地的な大雨が早浦市内に降った。何日だったかなあ」

「いちいち覚えてないわよ」

「調べれば判るんだろうけどね、市役所の二次試験があった日だから」

「それが何なのよ」

「その日の朝、俺はローンを組んで買ったばかりの車を運転して、早浦市内を走ってたんだ。特にどこに行くというあてがあったわけじゃなくて、新車を買ったのがうれしくてね。早浦製薬に就職することも決まってたもんで、浮かれ気分で市内を走らせてたわけ。あ、車といっても、マーチなんだけどね」

「車種は話に関係ないでしょ」

「いや、それがそうじゃないんだよな。君の視界の隅を、そのマーチが通り過ぎたはずだから」

「どういうことよ」

「早浦市内の国道を車で流してたら、急に雨が降り出した。空を見上げたら、いつの間にか黒い雲だらけ。あー、昨日洗車したのにーとか、大雨でスリップ事故とか起こしたらまずいからドライブは中止にしようか、とか思いながら、減速させて走らせてたら、すぐ横の歩道を、黒っぽいパンツスーツの女性が逆方向に走ってった。ショルダーバッグを頭にかざすようにして、険しい顔で。傘を持ってなくて、急に大雨に降られて、あわてて走ってたわけだ」

「……うそでしょ」

「ほらね、やっぱり君だったんだ、あれは。へえー、横顔をちらっと見ただけだったのに、俺って凄いかも」彼は両手を合わせて祈るような仕草をし、その手を軽く振った。興奮したときにこの男はよくこういう仕草をする。「ほらね、十二年前にも会ってる」

「場所はどこ？」

「えーと、南早浦駅の南側の国道。君は駅と逆方向に走ってたよね。市役所の試験に向かってたはずなのに、走ってた方向が逆だったんで、今の今まで、見間違いだったかもと思って、聞いて確かめようとまでは思わなかったんだ。でも、この前、雨に降られてタクシーに乗ったけど試験開始時間に間に合わなくて受験できずに終わった、みたいな話を聞いたから、やっぱり君だったんじゃないかって思って、今日はそれを確かめてやろうと決めて来たわけ」

「あのときは私……タクシー会社の営業所に向かって走ってた。携帯持ってなかったから。駅まで走ろうか、とも思ったんだけど、タクシー会社の方が距離が近かったし」

「あー、そういうことか。じゃ、タクシーに乗ったのに、試験に間に合わなかった？」

「タクシーが全部出払ってて、すぐに手配してもらったんだけど、なかなか来なくて。もうすぐ来ます、もうすぐ来ますって言われて結局三十分近く待たされて、やっと乗ったと思ったら、交通事故のせいで道路が渋滞。試験会場にたどり着いたのは開始三十分後で、そのままあきらめて帰った」

「事情を話したら、試験受けさせてもらえたんじゃないの？」

「試験要項では、開始二十分後までなら事情によっては入室できるけど、それ以降は理由のいかんを問わず入室不可って書いてあったし、仮に試験を受けられたとしても、時間のロスを埋めるのはどうせ無理だから。私、そのときは精神的な動揺が大きくて、試験をちゃんと受けられるような状態じゃなくなってたし」

「じゃあ、タクシー会社の営業所にしばらくいたのか」彼は顔をしかめて、残念がるような感じで拳をあごに当てた。「俺さ、すれ違ったときに君かもしれないって思ったんで、少し先で車を切り返して、追いかけたんだ、実は。事情は知らなかったけど、雨に降られて困ってるようだったし、本当に君だったかどうか確かめたいとも思って。でも、見失っちゃってね。まだ車の運転に自信がなかったから、切り返すときに手間がかかったのがよくなかったんだろうけど……残念だね」

あの日のことが、突然の大雨に見舞われて雨宿りをしたときのことがよみがえった。駅まで走るか、しばらくその場で様子を見るか、タクシー会社まで走るか。そんなときなのになぜか、おじいちゃんのことを思い出していた。

結局、三つの選択肢を考えて、そのどれが正しいのか、迷いはあったが、振り払うような気持ちでタクシー会社目指して走った。駅まで走るのに較べれば距離が近い分、濡れ方が少なくて済むし、こんな雨の中、降車駅からまたバスやタクシーに乗り換えるよりも、ここからタクシーで直接試験会場まで行った方が楽でいい、と考えてのことだった。

結局、タクシー会社の営業所には一台もなく、すぐに呼び戻しますから、と言われたのを真に受けて時間をロスしてしまい、ようやく乗れたと思ったら事故による渋滞に巻き込まれ、めぐるが焦りを口にすると、脇道から抜けて迂回《うかい》しましょうかと運転手が提案、それを受け入れたところ、思っていたよりもかなり遠回りをすることになり、また信号に捕まることもやたらと多く、結果、試験に間に合わなかった。

あのとき、駅まで走るという方法を選んでいたら、試験に間に合っていたはずだ、そうすれば今頃自分は早浦市役所の職員として働いていた。あの後、何度もそんな想像をした。どんな部局に配属されて、何を担当し、上司や同僚にはどんな人たちがいただろうかということも何度となく思った。

しかし、同じ場所でもうしばらく様子を見る、という方法を選んだとしたらどうなっていたかを考えたことはなかった。タクシー会社の営業所から目を皿のようにして流しのタクシーを探し、何度か手を上げながら走り出たが、すべて客を乗せているタクシーで、空車と出会うことはできなかったのだ。それは、百メートルほど離れただけの同じ道路沿いで雨宿りを続けていたとしても、流しのタクシーに乗れた可能性はなかった、ということを意味している。

ところが、目の前で笑っているこの男によると、あの場所でそのまま待っていたら、マーチが目の前に停まり、そのまま試験会場まで送り届けてくれたかもしれないという。交通事故による渋滞の影響は受けただろうが、タクシーの営業所で三十分も待たされるのに較べると格段に早かったはずで、何とか間に合っていたのではないか。

そうなっていたら、この男は恩人、ということになる。感謝の気持ちをきっかけに、恋愛の対象として見るようになっていたかもしれないし、早浦市役所で仕事をこなしながら、共働きの夫婦になっていたかも。

あのときの選択の違いで、全く別の人生を歩んでいたかもしれないわけか。

運命って、やっぱりあるんだろうか。

この男とは十二年前に再会する運命だったのに、あのとき焦ってタクシー会社に向かって走り出したせいで、すれ違いが起きてしまった。しかし運命は人間の気まぐれを簡単には許さず、またもや再会を演出してきた……。

うそだー、ただの偶然でしょ。

でも、こんな想像をすること自体は面白い。物語のネタになりそうだ。

笑っていたらしい。目の前の男が、それを勘違いして、何か言っている。多分、またデートの誘いだろう。

めぐるは、自分の水割りにさらにウイスキーを足して、うんと濃くしてから、一気に飲んだ。胃に、冷たくて熱いものが流れ込むのが判った。

目が覚めて、おじいちゃんと一緒にお好み焼き屋さんにいたのは夢だったと知った。外はまだ暗い。こんな時間に目を覚ましたのは、昨夜の酒で睡眠が浅くなってしまったからだろう。大平和之が店にいたのは二時間ほどで、めぐるはその間に水割りを五杯飲んだ記憶がある。ビーフジャーキーを食べてのどが渇いたせいだ。

あの男、もしかして飲ませるためにああいう差し入れをするのだろうか。

そういう計算をする人間じゃない、か。

めぐるは一度トイレに行ってから、今何時かの確認はせず、再びベッドに潜り込んだ。時計を見てしまうと、二度寝ができなくなることがある。

さっきの夢のことを思い返した。

お好み焼きが鉄板の上でじりじり焼ける音をさせていて、めぐるはもう食べてもいいかと聞くのだが、おじいちゃんは、まだだよと笑っている。だからしばらく我慢して、もう一度聞く。でも、おじいちゃんは、さっきと同じく、まだだよと笑っている。その繰り返しが何度かあり、めぐるは泣き出した。そこで目を覚ましたのだった。

書いている児童小説は六割ぐらい書き進めたが、後半から終盤にかけての展開をどうするかで迷いがあった。締め切りが迫っている。そういう焦りが、こんな夢に表れたのだろうか。

これまでに何度、おじいちゃんの夢を見ただろうか。ほとんどの場合、ちょっとした場面だけの夢だった。手をつないで一緒に郷里の浜辺を散歩しているところとか、こたつでいびきをかいているおじいちゃんの顔をノートに描いているところとか、自転車店で修理を黙々とやっているおじいちゃんの近くに座って絵本を読んでいるところとか、そんな何気ない、実際にあったと思われる出来事の断片。

いつの間にか、おじいちゃんと手をつないで砂浜を歩いていた。めぐるは小一ぐらいで、夕暮れに近い時間で、海は潮が引き始めていて、振り返ると湿った砂の上に大人と子供の足跡が並んでいた。

そのことを教えようとして見上げると、おじいちゃんではなく、父親だった。ただし、仏頂面のあの父親ではなかった。笑っている。何かいいことがあったんだろうか。めぐるは、いつもと違う父親を見て何だかうれしくなって、つないでいる手を強く振った。そのとき、声がしたので見ると、母親が手を振って、こちらに向かって走って来る。

母親が何と言っているのかを知る前に、意識が戻り、がばと跳ね起きた。まどろんでいるうちにまた夢を見ていた。

めぐるは布団を蹴って身体を起こし、明かりをつけて、サイドテーブルに置いてある携帯電話を手にした。

そうだ。物語の中では、両親をもっと優しい人物にした方がいい。絶縁状態になってしまったという自分の体験に引きずられて、物語の中に両親をほとんど登場させていなかったけれど、やっぱりそれは不自然だ。子供たちに読んでもらう物語なのだから、それなりの両親を描けばいいではないか。

携帯にメモを打ち込んだ。指の動きが追いつかず、もどかしい。でも、打ち込んでゆくにつれて、輪郭がはっきり浮かび上がってきた。

いけそうだなと思った。顔がにやけてくるのが判る。

もう迷うことはなさそうな気がした。あとは残りを書くだけ。

めぐるはサッシ戸を開けて、つっかけを履いてベランダに出た。

薄明かり。小魚の群れみたいな雲が泳いでいる。じっと見ていると、その彼方からボートに乗ったおじいちゃんが現れそうな気がした。

「おじいちゃん、ありがとう」

自分でもびっくりするような大声が、未明の空に響いた。

その日の午後七時に店に行くと、出入り口の前で大平和之が待っていた。茶色いスエードのジャケットの下に、レンガ色の蝶《ちょう》ネクタイをつけた白いワイシャツが見える。バーテンダーにでもなったつもりなのか。

何しに来たのかと聞こうとして、そういえば金土の夜は店を手伝うと言っていたことを思い出した。断ったような気もするのだが、うやむやのままだったようにも思う。

「本当に手伝う気なの」

「もちろん」

「洗い物とか、後片づけとか、そういうのでいいのね」

「うん、トイレ掃除もやるよ」

「あら、気が利くわね」

「まあねー」

うれしそうに、人さし指で鼻の下をこすっている。やばい。ちょっと心が揺れそう。

「お客さんにはいつも笑顔。今みたいな感じでいいから」

「了解。ブラウスのボタン、ずれてるみたいだけど」

指摘されたのであごを引いて確かめると、確かにボタンの穴を一つ掛け違えていた。またやっちゃったか。めぐるはその場でボタンをかけ直そうとしたが、大平和之が目の前にいることを思い出して、奥の小部屋に引っ込んで直した。

カウンターの中に戻ると、大平和之が「ところで、お客さんから二人の関係を聞かれたら、どう言おうか」と聞いた。

「そうね……バイトっていうのは不自然よね」

「俺は常連客だけど実はママの従兄《いとこ》で、みっちゃんが辞めちゃったから手伝わされてるってことでどうかな」

「あー、いいわね、それなら妙な目で見られないだろうし」

めぐるがドアの錠に鍵を差し込んで回すときに、彼は「実は昼間のうちに考えといたんだ。なかなかだろ」と得意げに言い、「じゃあ、お客さんの前ではカズさんて呼んでくれたらいいよ」とつけ加えた。


めぐるは軽食の準備をし、大平和之には掃除を任せた。作業をしながら彼は「市長、選挙直前になって、えらいことになってるねえ」と話しかけてきた。

「何が？」

「あれ、知らないの」彼はカウンターを拭く手を止めた。「ワイドショーでやってたけど、見てない？」

「ああ……雑誌に載ってたやつね」

彼のさらなる話によると、市長が選挙スタッフの若い女性とラブホテルに出入りする写真が週刊誌に載ったせいで、いくつかのワイドショーが早浦市にまで取材に来ているようだという。

「市長がどうなろうが知ったこっちゃないけど、うちに来るお客さんの中には、市役所の人もいるから、安易にそういう話はしないでよ」

「あ、そう。では余計なことはしゃべらずに、黙々と働きまーす」

「よろしい。でも聞かれたことには笑顔で答えること」

「はーい」

「掃除が終わったら、お客さんが来てからの段取りを話すから」

「はーい」

カウンターを拭きながら楽しそうに笑ってる。

まあ、確かにいい奴なんだよな、こいつ。

いつまでも冷たくしないで、そろそろガードを下げてもいいかな。

ただし、今書いてる児童小説が完成して、手応《てごた》えを得ることができたら、ということにしようか。

午後八時を過ぎた頃から、ぽつぽつと客が入り始めた。

最初に来たのは一見客のまだ若そうなサラリーマン二人で、先輩の方が仕事に取り組む姿勢や顧客に対する態度について説教をし、後輩は「はい、はい」とうなずいて聞いていたが、先輩の方がトイレに立っている間に、後輩は舌打ちをして苦々しい表情だった。近いうちに、この先輩後輩の関係は壊れることになりそうな気がした。

その後、常連客も何人か来て、「女の子は辞めたの？」「この男性はバーテンダーさん？」などと聞かれることはあったが、めぐるの返事を聞くと、あまり興味を持つ人はいないようで、みんな「ふーん」という感じで終わった。大平和之の方も、めぐるから言われたことを守って、客に愛想よくあいさつをするだけでそれ以上話しかけることなく、おしぼりを渡したり、注文をめぐるに伝えたり、後片づけをしたりの作業をこなしていたが、客から話しかけられて返事をするうちに徐々に盛り上がり、ときどきどっと笑い声が起きたりするようになった。めぐるが他の客の相手をしながら聞き耳を立ててみると、高校生のときに不良にからまれないよう眉毛を細く剃《そ》ろうとしたら見事に失敗して左右アンバランスになってしまい眼帯をかけてごまかしたとか、バレンタインデーのときにチョコレートをもらったことにしようと自分で自分の机に忍ばせたが、それを女子に見つかってクラスじゅうの笑い者にされた、などの、めぐるも以前聞いたことがある失敗談だった。彼が上手いのは、ネタの内容そのものではなくて、客と雑談をするうちに自然な流れで自身のヘタレ話を紹介できるところだろう。営業仕事で培われた芸、といえるかもしれない。お陰で客の中には帰り際に「お兄さん、しばらくこの店で働くの？」などと聞き、今日と明日の二日間だけの予定だと聞いて残念がる人もいた。

翌日の土曜日は、金曜日よりも客が少なくて、大平和之に手伝ってもらうほどのことはなかった。途中で「今日はそんなに入んないみたいだから、上がってもらってもいいよ」と言ってみると、彼は「じゃあ、ここからは客になるよ」と、午後十時ぐらいから先はカウンターの外に出て飲み始めた。その間に常連客が一人来て、市長のスキャンダルの話や明日の天気の話をしばらくして、帰って行った。

午後十一時頃に、ぐでんぐでんに酔った一見客が入って来た。四十代ぐらいのサラリーマン風で、かなりの千鳥足でカウンター席に座り、ろれつの回らない口調で「ビールをくらさい」と言ったが、これでは飲ませるわけにはいかない。めぐるが「お客さん、かなり飲んでおられるようだから、お出しできません。お水飲んでお帰りください」と冷水を差し出すと、それを一気飲みして、「すんません」と言い残して出て行ってくれた。

そのドアが閉まると、大平和之が「暴れ出すんじゃないかと思ってヒヤヒヤしたよ」と、ほっとした表情で言った。

「暴れたら警察呼べばいいだけのことよ。それより気をつけなきゃならないのは、店内で突然吐いたりされること。カーペットが汚れるし、気持ち悪いのをこらえて掃除してもなかなか臭いが取れないしで最悪だから」

「あー、なるほど。そういうこと、今までにあった？」

「あった、あった。一度なんか、床でへばってるお客さんを起こそうとしたときに吐かれて、私の服がゲロまみれ。あのときはさすがに、こんな仕事もう嫌だって思ったもの」

「そうか。お客さんに飲ませて楽しげに話をするだけじゃないんだ」

「当たり前でしょ」

「おみそれしました」と彼は苦笑しながら頭を下げた。

「店内でおしっこした馬鹿もいたわよ。ぐでんぐでんに酔っぱらって、訳判んなくなっちゃってたんでしょうね。それを見た他のお客さんがカンカンに怒って、その人をボコボコにして、それを見たまた別のお客さんが警察呼んだもんだから、大騒ぎになっちゃってね。今なら笑い話だけど、あんときも、こんな仕事もう嫌って思ったわねー」

「店に来て、口説く客はまだまし？」

気の利いた返事ができず、沈黙の間ができてしまった。

めぐるが「私も飲んでいい？」と聞くと、彼は黙ってうなずいた。

濃いめの水割りを作って、一気に半分ほど飲んだ。

「私ね、実は小説とか書いて投稿してんの。携帯電話使って、長くてもまだせいぜい三十枚ぐらいまでのばっかだけどね」

「へえ、ほんとに？」彼が目を丸くした。「知らなかったなあ」

「そりゃそうよ、誰にも教えてないんだから」

「もしかして、プロとかそういうのを目指してるとか」

めぐるは頭を振った。

「そんな大それた考えは持ってないわよ。でも、今までに何回か入選して、それが他の入選作と一緒に本に掲載されたりすると、うれしくてね。今のところ、それが私のささやかな生き甲斐《がい》」めぐるは残る半分も一気に飲んだ。「今書いてる話がもうすぐ完成する予定なんだけど、ちょっと手応えみたいなのは感じてるんだ。まあ、私の勝手な手応えってだけなんだけどね」

「ふーん。読んでみたいな」

「もうちょっと後ならいいよ。投稿してからだったらね」

「楽しみにしてる」

「それを投稿したら、どっか行こうか」

「えっ」

彼は、言葉の意味をすぐには理解できなかったらしく、最初は戸惑った表情だった。

その顔が、急にでれっと崩れて、「本当に？　それはいつ頃の話？」と聞いた。

「来週の後半以降なら」

「よし。仮病使ってでも休みを取るよ。どこに行こうか」

「そうねー、できたら水族館がいいな。今書いてる話が、海と関係してるから、書き終わったら行ってみようと思ってたんだ」

「判った。任せてくれ。いやあ、そうか、うん、いやいや、うん、よし」

後半は何を言っているのか意味不明だったが、かなり喜んでいることは表情で判った。


日曜日、めぐるは市長選の投票に行った以外は、賃貸マンションにこもって、携帯で児童小説の残りを書き上げる作業に没頭した。お陰で、日没過ぎに書き終えることができた。しかし、それだけでは気が済まず、夕食としてコンビニ弁当を食べた後、さらに読み返しては文章を手直しした。

パジャマにも着替えず、携帯を握ったままダイニングのテーブルに突っ伏して眠ってしまったことに気づいたのは夜中の三時で、シャワーを浴びたら頭が冴《さ》えてしまって眠くなかったので、再び携帯を手にして、あらためて読み直して書き直し作業をし、そのまま朝を迎えた。

以前客にもらって、冷蔵庫に入れたままだったスパークリングのロゼワインをシャンペングラスに注いで、一人で乾杯した。一本飲み干すつもりだったが、書き終えたという安堵感《あんどかん》のせいか、半分も飲まないうちに眠気に襲われ、ベッドで眠った。おじいちゃんが夢に出て来てくれることを期待したが、見たのは携帯電話をなくして探し回る夢だった。

目覚めたのがいつもより遅い時間だったので、部屋の掃除や洗濯はせず、顔だけ洗って喫茶店〔おおしま〕に行き、いつものオムライスと野菜ジュースを頼んだ。先に届いた野菜ジュースを飲みながら店内にあった新聞を広げ、三選間違いなしと言われていた市長が落選したことを知った。新市長になったのは、めぐるも投票した前県議のちょっと強面の女性だった。この女性を支持してのことではなく、現市長への批判票のつもりだったのだが、同様の投票行動を取った有権者が多かったらしい。下馬評をくつがえしての新市長誕生。その勝ち馬に乗れたというのは、なかなか縁起がいい。

社会面の、落選した市長のコメントを読もうとしたときに、紙面の下の方にあったベタ記事の文字に目が吸い寄せられた。

児童書や学習雑誌を扱っていた老舗出版社、ミズノ書店が二度目の不渡りを出して事実上倒産した、という記事だった。

ミズノ書店……記憶にある名前だった。

ショルダーバッグから携帯電話を出して、ネットにつなぎ、『海にまつわるストーリー募集』のホームページを画面に呼び出した。主催は缶詰やちくわかまぼこで有名な水産会社だが、受賞作を出版することになっていたのはミズノ書店ではなかったか。

〔お詫びとお知らせ　『海にまつわるストーリー募集』は、出版社の都合により、募集中止となりました。応募者の皆様には大変ご迷惑をおかけすることになり、誠に申し訳ございません。〕

ホームページ冒頭に掲げられた文章を読んだめぐるは、つい「えーっ、何でーっ、うそでしょーっ」と大声を出してしまった。

何てこと。

こんなことが許されるのか。

せっかく手応えのあるものを書いたと思ったのに。

これまでより、高いところに登れると思ったのにいいいいーっ。

めぐるは頭を抱えてかきむしり、そのまま両ひじをテーブルについた。

ついさっきまで、縁起がいいとか、喜んでたのに。

未明に見た、携帯をなくす夢は、このことを暗示していたのか。

ひどい。呪われた運命だ。

「大丈夫ですか」と声をかけられて、我に返った。

女性店主が、オムライスをトレーに載せて、横に立っていた。

「あ、すみません、大きな声出しちゃって」

めぐるはついていたひじをどけた。

「いえいえ、それは構いませんが、どうかなさったんですか」

「投稿しようとしてた応募先が、中止を発表したんです。出版社が潰れたせいで」

口走ってから、しまったと思った。これでは相手は何のことかさっぱり判らないだろうし、そもそもこの人に関係のない話だ。

案の定、女性店主は「中止。何かの応募をしようとなさっていたのに、その募集が中止になったんですか」と聞いてきた。

何でもありません、とでも言っておけばいいのに、余計なことをしゃべってしまった。ここまで言ったら、全部教えなきゃならないじゃないの、このおっちょこちょい。

駄目だ、動揺してる。めぐるは小さく溜息をついた。

「児童小説なんです。やっと書き上げて、今日にでも携帯から原稿データを送信しようと思っていたら、出版社が潰れて募集中止になったことが今判って。すみません、どうでもいい話をお聞かせしてしまいまして」

「いえいえ、とんでもない」女性店主はオムライスが載ったトレーをテーブルに置いた。

「その児童小説というのは、どれぐらいの分量のものなんでしょうか」

「は？」何でそんなことを聞くんだろう。「二十何枚、というところですが、原稿用紙に換算して」

「あの、こんな厚かましいお願いをして恐縮なのですが、その児童小説、読ませていただくわけにはいかないでしょうか」

めぐるはもう一度「は？」と問い返した。何でこの人がそんなものを読みたがるのか、理由が判らなかった。

「実は私、子供のための人形劇とか、読み語りなどをやってるんです。人形劇の方は、仕事としてやることもあれば、ボランティアでやることもあります。読み語りはすべてボランティアです」

「えーっ、本当でするか」またやった。固まった表情の女性店主と見合った。「本当ですか」

確かに、目つきなどからして、何かやってそうな人、という感じではあった。へえ。でも、人形劇というのは判るが、読み語りって何だろうか。

「あ、ごめんなさい、別にだから読みたいっていうんじゃなくて、そういう活動をしていることもあって、興味を持った、ということでして。お嫌だったら、いいんですよ、もちろん。ただ、いつも店にいらしてくださる方が、そういうことをしておられたと知って、何だかうれしくなっちゃって」

女性店主は、言葉自体は控えめな感じだったが、「ね、読ませてよ、早く、早く」という感じの表情で、目が輝いていた。こんな顔をされると弱い。

別にいいんだけど、読み終わったときの反応がちょっと怖いな。

いろいろ批評されたりして。人形劇とかやってるっていうんだから、童話や児童小説にも一家言持ってそうだ。

でも、断ったら、この店に来にくくなるなー。オムライス、食べたいし。

別にいいか、読んでもらったって。常連客に対して、辛辣《しんらつ》なことを言ったりはしないだろう、いくら何でも。

いや、そんなに出来の悪いものを書いた覚えはない。胸を張って、読みたいなら読んでもいいよ、という姿勢でいいではないか。

めぐるは決めた。最初の読者は美味しいオムライスを作るこの人。

「ええと……今、お読みになりますか」

「できれば。今は他にお客さん、いませんし」

「お好みに合うかどうか判りませんが……」

「私、子供向きの物語は何でも好きですから」

「携帯に入力してるだけなので、読みにくいと思いますよ」

「大丈夫です。その児童小説のところ以外は絶対に見ませんから、お願いします」女性店主は両手を合わせて笑顔を作り、「食後のコーヒー代はサービス、ということでいかがでしょうか」と言った。

そこまで読みたがってもらえるのは、感謝すべきだ。

「じゃあ、こんな拙い出来のもので申し訳ないのですが」

めぐるが携帯を操作して画面にそれを呼び出し、それを差し出すと、女性店主は「ありがとうございます、じゃあ、どうしようかな。目の前で読まれたら食べにくいと思うので、そっちに座らせていただきますね」と、めぐるの背後にある椅子に腰を下ろし、さっそく読み始めた。

背後の女性店主がどんな表情で読み進めているのかが気になって、オムライスの味がよく判らなくなった。診断結果を待つ患者、あるいは判決を待つ被告みたいな気分だ。

めぐるがオムライスを食べ終わった直後に、女性店主が席を立って回り込んで来て、向かいに腰を下ろした。

なぜか目が充血している。

携帯をテーブルに置いた彼女は、拍手をした。

「ありきたりな表現ですが、すばらしいお話で、感動しました。お名前、教えていただいてもよろしいでしょうか。私は店の名前のとおり、大島と申します。この店をやりながら、〔天空の迷路〕という劇団を主宰しています。さきほど申し上げましたように、人形劇や読み語りなどもやっています」

「私は……魚貫と言います。市内のスナックで働いています」

「ウオヌキさん。珍しいお名前ですね。字は、魚に貫く、ですか」

「はい。深海市の出身でして、そこにはときどきある苗字なんです」

「魚貫さん、あらためてお願いがあります」大島さんが居住まいを正して、めぐるを凝視した。「このお話、是非子供たちの前で読み語りをしていただけませんか」

「は?」

「朗読していただきたいんです、作者でもある魚貫さんに。小学校の子供たちの前で」

「えっ」

「私、実は前から、魚貫さんのお声を聞いて、読み語りに向いてるんじゃないかって思ってたんです。しかも、こんなにすばらしい話をお書きになったとなれば、もうこれは、どうあってもお願いしないと」

読み語りというのは、子供たちの前で童話や児童小説を朗読することらしい。

そうか、そういう発表の方法もあるんだ。

高浜さんのマジックを見たときのことを思い出した。

マジックは、目の前でお客さんが驚いたり笑ったりする顔を見ることができるが、小説はそれができない。想像するしかない。そのときはそう思ったけれど、子供たちの前で朗読すれば、ダイレクトに反応を確かめることができるではないか。子供のときにそれをやったのに、どうして気づかなかったのか。

それに、これは何かの巡り合わせなのかも。

最初から、そういう運命にあったのだろうか、この物語は。

それに、面白そうだ。やってみたい。

携帯の画面を見ながら朗読するわけか。練習しなきゃ。

めぐるの表情を見て察したということなのか、大島さんは目を細めて、「コーヒー、すぐに淹《い》れて持って来ますね」と席を立った。

終　幕　迷わぬ女

外は雨が降っていた。めぐるが学校に到着したときは小雨だったのに、いつの間にか、かなり強い雨になっていた。こういう雨を見ると、十二年前のあのときがよみがえる。

もしかしたら、この近くで誰かが、運命の岐路に立たされているのかも。

教室の窓から外を見ると、夜のように暗く、雨音が教室内の雑音をかき消していた。少し大きめの声で朗読した方がよさそうだった。

読み始める前に、五年生の子たちの表情を見回した。わくわくしていることが顔つきで判る子もいれば、ぼーっとした感じの子もいる。隣の子とひそひそ話をしている子、視線が合うと恥ずかしそうにうつむく子、逆に、おどけた表情を返してくる子。

「では始めます。『おじいちゃんと海』という話です」

めぐるはそう前置きをして、読み語りを始めた。

おじいちゃんと海

おじいちゃんは、どこに行ってしまったんだろう。

小学校一年生の、めぐるは、この日も学校からの帰り道にこの海岸にやって来た。

空はどんよりと曇り、波は静かだった。コンクリートの岸壁に立って、水平線のかなたに目をやると、遠くに何せきかの漁船が見える。でも、いくら目をこらしても、おじいちゃんが乗った小舟の姿はなかった。

「おじいちゃん」

めぐるは海に向かって呼びかけたけれど、もちろん、おじいちゃんの返事はなくて、代わりに空を飛んでいたカモメが鳴いた。

おじいちゃんは三日前に、小舟に乗って釣りに出かけたまま帰って来ていない。お父さんやお母さんは「だいじょうぶ、きっと帰って来るよ」と言うけれど、めぐるは気が気ではなかった。

もう一度「おじいちゃーん」と呼んでみた。相変わらず、カモメの鳴き声と、静かな波の音しか返ってこない。

少し風が強くなってきた。磯の香りが鼻をくすぐる。

おじいちゃんが帰らなくなってから、お父さんは会社の帰りに海上保安庁というところに寄っている。おじいちゃんの小舟が見つかってないかどうかを確認するためだ。お母さんは、心配して集まって来る近所のおじいさん友達にお茶や食べ物を出したりしている。

六年生のお兄ちゃんは、おじいちゃんの部屋の掃除をするようになった。

めぐるだけが、おじいちゃんのためにすることが見つからないでいた。もう一年生なんだから、何かできるはずだと思うのだけれど、お兄ちゃんは「みんなの邪魔をしないことがお前の仕事。漢字ドリルをちゃんとやれ」と言う。

めぐるは、海岸をおじいちゃんと散歩するのが大のお気に入りだった。おじいちゃんの子供のころの話や、魚釣りの話を聞くのも楽しかったし、めぐるがアニメ番組の歌を歌って「うまいなあ、めぐるは」と頭をなでてもらうと、とてもうれしかった。

めぐるは、ごま塩頭でいつもにこにこしていたおじいちゃんの顔を思い浮かべた。おじいちゃんが怒ったところはほとんど見たことがない。でも一度だけ、おじいちゃんがちょっと怖い顔になったことがある。めぐるが幼稚園生のときに、おじいちゃんが釣って来た魚の血抜きをするのを見たときだ。血抜きというのは、魚を食べるときに味がよくなるように、えらの下のところや、尾びれの近くを刃物で切って、血を外に出すことだ。おじいちゃんはその血抜きを、家の外にある水道のところで、めぐるの目の前でやった。

「魚がかわいそうだよ」とめぐるが言うと、おじいちゃんの表情が変わった。

「人間はみんな、他の生き物を食べなきゃ生きていけないんだぞ。めぐるだって、毎日、肉や魚、野菜や穀物を食べてるだろう。生き物を食べなきゃいけないのは人間の宿命なんだぞ。確かに、かわいそうなことかもしれないけど、海の神様にちゃんとお礼を言って、残さずに食べれば神様は許してくれるんだ」

めぐるが泣きそうになったのに気づいたおじいちゃんは、すぐに怖い顔を引っ込めて笑顔になり、頭をなでてくれた。

めぐるはほっとして、「おじいちゃんは海の神様にいつもお礼を言うの？」と聞いた。

すると、おじいちゃんは大きくうなずいた。

「もちろんだ。釣りに出かけるときも、そして家に帰るときも、ちゃんと心の中で、どうもありがとうございましたって、お礼を言ってる」

「海の神様って、どんな姿をしてるの」

「姿はないんだ。あったとしても、誰にも判らない。どこにいるのかも判らない。でも、ちゃんと海を守ってくれてるんだ」

海を眺めながら、そんなことを思い出していためぐるは、ある考えが浮かんだ。それはなかなかいい方法ではないかと思った。

海の神様に手紙を出してみたらどうだろうか。おじいちゃんを探して欲しいというお願いの手紙を出したら。

そしてそれはだんだんと、しなければならないことのように思えてきたのだった。

ようし、海の神様に手紙を出そう。

めぐるは急いで家まで戻った。海岸から家までは、走れば五分もかからない。

家に着くと、めぐるはランドセルを投げ出して、リビングにある整理棚の引き出しを開けた。下の段の方にあったはずだ。

下から二番目の引き出しに、便せんがあった。めぐるはそれを持って、勉強部屋に入った。同じ部屋にお兄ちゃんの机もあるけれど、お兄ちゃんは放課後にいつもサッカーをするので、もっと遅くならないと帰って来ない。

さっそく自分の机の上に便せんを置いて考えた。どう書けば海の神様は願いを聞いてくれるだろう……。

しばらく考えてから、めぐるは鉛筆でこう書いた。

海の神さまへ

おじいちゃんが小舟に乗って釣りに出たまま、三日もかえって来ません。

さがしてください。

めぐるより

ちょっと簡単過ぎるような気がしたけれど、長い文章を書くのは苦手だし、大切な用事はこれで伝わるはずだ。

あ、そうだ。海の神様に見せるのなら、濡れても大丈夫なように、ボールペンで書いた方がいいんじゃないか。

めぐるは、鉛筆で書いた上から、ボールペンで丁寧になぞった。

次は、どうやってこの手紙を出すかだった。郵便で送ろうとしても、宛先《あてさき》が分からない。海に投げ込めば、波が運んでくれるかな……でも、このままでは駄目だな。紙だから濡れたらすぐに破れて、読めなくなってしまう。

ビンに入れればどうだろうか。

めぐるはこの考えはなかなかいいぞと思った。ふたがしっかり閉まるビンに入れて海に投げ入れたら、波に乗って遠くまで流れて、海の神様に届くはずだ。

さっそく台所に行って、使えそうなビンを探すことにした。冷蔵庫、流し台の下、食器棚の中。そして、台所の隅にあった空きビン専用のゴミ入れから、茶色の小さな空きビンを見つけた。ふたもついてる。

それは、お父さんがときどき飲むドリンクのビンだった。風邪を引いたときなどに、それを飲んで会社に出かけるのだ。めぐるは、風邪を引いたら休めばいいのにといつも思うのだけれど、このときばかりはお父さんがドリンクを飲んでいてよかったと思った。

めぐるは勉強部屋に戻って、ティッシュを鉛筆に巻きつけたものをビンの中に入れて、中に少しだけ残っていたドリンクを吸い取った。そして手紙を折りたたみ、そのビンの中に入れて、しっかりとふたを閉めた。

これなら海に入れても大丈夫。

めぐるはすぐに家を飛び出して、最近補助輪なしで乗れるようになった自転車を漕いで、海岸へと向かった。砂浜があるところでなくて、その近くにある岸壁に行くことにした。その方が、遠くまでビンを投げることができると思ったからだ。

海は、風があまり吹いておらず、波もおだやかなままだった。

めぐるは手前で自転車を降りて、歩いて岸壁を進み、一番先まで行って、そこから力いっぱいにビンを投げた。

ビンは、思ったよりよく飛んで、海に落ちるときに、ポチャンという小さな音が聞こえた。さざ波に揺られて、ビンは見えたり隠れたりしていた。

今は引き潮だから、これから沖の方に流れて行くはずだ。そしてずっとずっと先の方までいけば、海の神様のところに届いて、読んでくれる。

めぐるは海にむかって手を合わせた。そして、声に出して祈った。

「どうか届いてください。できるだけ早く届いてください」

次の日になっても、おじいちゃんはやっぱり帰って来ないままだった。

海の神様に手紙は届いたのだろうか。それともあのビンは、まだ海のどこかをぷかぷかと浮いているだけだろうか。めぐるはだんだんと心配になってきた。海はかなり広いから、海の神様も、あんな小さなビンには気がつかないかもしれないという気もしてきた。もっと大きなビンにした方がよかったんだろうか。

家族のみんなは、だんだんと、おじいちゃんの話をしなくなっていた。何となく、おじいちゃんのことをしゃべってはいけないような雰囲気だった。

めぐるは、海の神様に手紙を出したことをみんなに言わなかった。どうせお兄ちゃんから馬鹿にされるに決まっているからだ。

夕食を食べるときは、おじいちゃんの席だけが空いたままになっていた。座椅子の背もたれの、ちょっとすりきれた模様が、じいちゃんの背中の形になって残っている。

めぐるはその日、寝る前に布団の中で思った。明日、もう一度手紙を出してみよう。今度はもっと大きなビンで。


次の日、家に帰っためぐるは、郵便受けの中に『めぐるへ』と書かれた封筒を見つけた。裏を見ると『海の神様より』とある。

「うわーっ」

めぐるは叫んだ。海の神様からの返事だ。さっそく自分の部屋に駆け込んで封筒を開け、中の手紙を広げた。

手紙はよんだ。今、お前のおじいちゃんをさがしているが、まだ見つからない。もうすこし待っていてくれ。でもこのことは家族の人にはないしょにしておいてほしい。なぜなら、他人に知られると私へのれんらくがとどかなくなるからだ。

めぐるへ　海の神様より

海の神様から返事が来た！

めぐるはドキドキしながら、その手紙を何回も何回も読み返した。そして、海の神様が今じいちゃんを探してるのだから、見つけてくれるまで我慢しようと心に決めた。めぐるは、家族のみんなに手紙のことを言いたいのをこらえて、学校からの帰りに海岸に行って、おじいちゃんの小舟を探した。海の神様が探してくれるのなら、きっとすぐにでもじいちゃんを見つけて返してくれるはずだと思ったからだった。

だが、その日も、次の日も、おじいちゃんは帰って来なかった。

おじいちゃんがいなくなってから、とうとう一週間も経《た》ってしまった。

我慢できなくなっためぐるは、前と同じようにしてもう一度手紙を書き、海に投げ入れた。海の神様が見つけやすいよう、ドリンクのビンではなくて、もっと大きな、おなかの薬の空きビンを使った。

ずっと待ってるのに、おじいちゃんはまだ帰ってきません。かぞくのみんなもしんぱいしています。

どうかはやくみつけてください。

海の神さまへ　めぐるより

その返事は、翌日に届いた。

お前のおじいちゃんはとてもとおくの方に行っているみたいだ。今まではちかくばかりさがしていたが、これからはもっととおくの方もさがしてみる。だから待っていてほしい。

めぐるへ　海の神様より

海の神様から二回目の手紙が届いたことはうれしかったが、内容にはがっかりした。おじいちゃんはまだ見つかっていないからだ。でも、めぐるは、海の神様との約束を守って待つしかなかった。だから、じっと我慢しようと自分に言いきかせた。

お父さんもお母さんもお兄ちゃんも、おじいちゃんの話を全然しなくなっていた。

めぐるも言わなかった。おじいちゃんの話をすると、手紙のことまでうっかり口にしてしまいそうな気がしていたからだ。

ときどき、めぐるは、おじいちゃんの部屋に入ってみた。おじいちゃんがいつ帰って来てもいいように、大好物の焼酎や着替えのパジャマなどが用意してある。めぐるはそれを見て、おじいちゃん、お酒を飲みたいだろうな、小舟で寝ると背中が痛くなるんじゃないだろうか、温かい布団で寝たいだろうな、などと思った。

さらに二日経って、おじいちゃんが帰ってこなくなってからとうとう十日になってしまった。

その日、めぐるが学校から帰って、海を見に行って、家に戻る途中で、後ろから自転車のベルの音がして、「おい」と言われた。

振り返ると、お兄ちゃんだった。こうやって外で声をかけられるのは珍しいことだ。いつもなら、お兄ちゃんは学校とかで会っても知らん顔をすることが多い。

「めぐる、後ろに乗せてやろうか」

こういうことを言うのも珍しかった。どういう風の吹き回しだろうかと思ったが、めぐるは素直に乗せてもらうことにした。

走り出すと、スピードが出てきて、風が顔に当たって、ちょっと怖くなった。でもめぐるは我慢して、お兄ちゃんのズボンを両手でつかんで、目をつぶった。

「おじいちゃん、なかなか帰ってこないね」

めぐるは、怖さをまぎらすために、そう言ってみた。

すると、お兄ちゃんは急ブレーキで止まった。そのため、めぐるはお兄ちゃんの背中に顔をぶつけてしまった。

文句を言おうとしたが、できなかった。お兄ちゃんが振り向いて、怖い顔をしていた。

「何言ってんだよ、お前、馬鹿じゃないのか。おじいちゃんは海で死んだんだよ。十日経っても帰って来ないんだから、生きてるわけないだろう」

めぐるは、海の神様からもらった手紙のことを教えてやろうかと思ったが、家族には内緒にしなければならないという約束があったので言えなかった。その代わりに「おじいちゃんは生きてるよ。海で魚を釣ってるんだから」と言い返した。

「馬鹿。小学生にもなって、そんなことも判らないなんて」

「馬鹿じゃないよ。おじいちゃんは海の向こうの方で生きてるんだ」

「馬鹿っ」

めぐるは、それ以上のことを言い返すことができなくなってしまった。お兄ちゃんが目に涙をためて、口を震わせていたからだ。

めぐるはどうしていいか判らなくなって、何も言わないで自転車から降りた。そして、さっき来た道を走り出した。もう一度海を見に行けば、おじいちゃんの小舟があるかもしれない。

お兄ちゃんは、追いかけては来なかった。

しばらく海を見ていたけれど、おじいちゃんの小舟は、現れなかった。

夕食のとき、お兄ちゃんはめぐると目を合わせようとはしなかった。むすっと黙ったままご飯を口に運んでいる。めぐるはお父さんとお母さんに、学校であったことなどを話した。関係ない話をしていないと、お兄ちゃんがまた目に涙をためて、口を震わせるんじゃないかと心配だった。

お風呂に入った後、めぐるは誰にも気づかれないよう注意して、また整理棚から便せんを引っぱり出した。そして、お兄ちゃんがお風呂に入っている間に、三度目の海の神様への手紙を書いた。

おじいちゃんはしんだと言って、お兄ちゃんがないています。おじいちゃんは生きてるとわたしが言ってもしんようしません。だから、おじいちゃんを早くかえしてください。

かえしてくれないのなら、わたしは自分でさがしに行きます。

海の神さまへ　　めぐるより

次の日、めぐるは少し早起きして、この手紙を海に投げ込んだ。今度は、海苔《のり》の佃《つくだ》煮《に》の空きビンを使った。そして、いつもよりも長い時間をかけて、海の神さま、何とかしてくださいと祈った。ついでに、お兄ちゃんがもう泣きませんようにということも祈った。

めぐるが家に帰ると、お父さんが珍しく仕事から早く帰って来て、「めぐる、お父さんと一緒に散歩に行こうか」と誘ってきた。おじいちゃんとの散歩は何度もしたが、お父さんとの散歩はあまり覚えがないので、めぐるはちょっとうれしくなった。

めぐるはお父さんと一緒に外に出た。しばらく歩くうちに、ついさっき手紙を投げ込んだ海岸に出た。この日は少し波が荒れていて、ときどき強い風が顔にあたって痛いぐらいだった。その風が耳もとでゴーと鳴っている。

「めぐる、ジョンのことを覚えてるか」

岸壁の上を歩きながら、お父さんが急にそう尋ねてきた。

ジョンというのは、前にしばらく預かったことのある、お父さんの知り合いの人が飼っていた犬のことだ。めぐるは何度か、お兄ちゃんがジョンを連れて散歩に行くときに、ついて行ったことがあった。尻尾《しっぽ》がくるんとわっかみたいになっている柴犬《しばいぬ》で、かわいい目をしていた。

「うん、覚えてるよ」

「ジョンは先週、死んでしまったそうだ」

「どうして？」

「もう年で、身体が弱って死んだんだ。生きてるものはみんないつかは死ぬ。仕方がないといえば仕方がない。悲しいことだけど」

お父さんは話を続けた。

「おじいちゃんがいなくなってもう十一日になる。生きていて欲しいとみんな願っているけど、そろそろ悲しい知らせを覚悟しなきゃならない。本当につらいことだけど、誰でもいつかは死ぬんだ。これはめぐるがしっかりした心を持っている子供だから、お父さん言うんだぞ」

お父さんは立ち止まって、めぐるの目を見つめた。いつもは難しい顔をすることが多いお父さんだが、今は優しい目をしていた。

「おじいちゃんはまだ生きてる。大丈夫だよ、お父さん」

めぐるは慰めるように言った。お父さんなら判ってくれると思った。でも、お父さんはため息をついて、顔を左右に振った。

「めぐる、もう小学生なんだからよく考えてみるんだ。おじいちゃんが乗った小舟は、小さなエンジンしかついていない、ボートみたいなものだ。無線も積んでないし、水も食料もない。幸い、おじいちゃんがいなくなってから今日まで、大雨が降ったり夜に冷え込んだりというひどい天気にはならなかったけれど、海の上でずっと生きてるのはどう考えても無理だ」

「無理じゃないよ。おじいちゃんは魚を釣って食べられるんだから。お茶が入った水筒も持って行ったし」

「仮にそうだとしても、十一日も経って、まだ生きてると考えるのは、無理なんだ。だから、悲しい知らせを覚悟しとかなきゃいけないんだよ」

「違うよ、おじいちゃんは生きてるよ。今、海の神様が探してるところだから、きっと見つかるよ」

めぐるはそう言ってから、しまったと思った。海の神様との約束を破ってしまったことに気がついたのだ。

でも、もうかまうもんかと思い直した。このことを言わないと誰も信用してくれないし、お父さんまでお兄ちゃんみたいに泣き出したら大変だからだ。

しかし、お父さんは泣いたりはしなかった。その代わりしゃがみ込んで、めぐるの肩を包むようにして手を当てた。

「めぐる、あの返事はお母さんが書いたものなんだ。お前を元気づけようと思って、海の神様からの手紙だということにしたんだ」

「うそだ」

めぐるは、お母さんが読めるはずがないと思った。あの手紙は誰にも見られないでこっそり書いて、海に投げこんだものだ。

お父さんはしばらく黙っていたが、やがて静かに言った。

「お前、お父さんの便せんを使っただろう。お母さん、人に手紙を書こうとしてその便せんを開いたら、お前が書いた字の跡が残ってたそうだ」

「うそだっ」

「めぐる。あの手紙は、本当はお母さんが書いたんだ。でも、決してお前をからかおうとしてやったんじゃないんだ。そのことは判るな」

「違うよっ」

「お母さんは、お前を元気づけようとしてやったんだからな」

お父さんは優しく言ってくれたが、めぐるにはそれ以上の言葉が聞こえなくなった。

なぜかというと、めぐるはお父さんに抱きしめられて、今までこらえていたものが外れたようになって、大声で泣き出してしまったからだ。

泣いているうちに、お父さんの声がようやく耳に入ってきた。

「おじいちゃんはきっと海で眠ってるんだ。海が大好きだったおじいちゃんは、海に迎えられて、そこから天国に行ったんだよ」

めぐるは返事をしたかったが、声が震えてできなかった。そしてまた泣き続けた。そしてしばらくして、潮風の音が何となくお母さんの声のように聞こえてきた。そしてその声はますます大きくなり、はっきりと聞こえてきた。

めぐるがお父さんの胸から顔を上げると、お母さんが何か叫びながら、顔を赤くして走って来るのが見えた。涙でかすんでいたけれど、お母さんが走って来ることは間違いなかった。

「めぐる、お父さん……おじいちゃんが……」

お母さんはそう言って、息を切らせながら目の前で倒れるようにして座り込んだ。

おじいちゃんは、ここからずっとずっと遠く離れた海の上で見つかった。そこは、新幹線に乗ってもしばらくかかるところだと、お父さんが教えてくれた。おじいちゃんは今、見つかった海の近くにある病院で検査を受けているのだという。

その日、めぐるの家にはお客さんがたくさん来た。電話もじゃんじゃんかかってきた。新聞記者やテレビ局の人もやって来た。

翌日、おじいちゃんに会いに行くため、めぐるは学校を休んで、お父さんと一緒に新幹線に乗った。列車の中でお父さんは、いっぱい買った新聞を広げて、おじいちゃんのことが載っている記事を何回も読んでいた。難しい漢字が多くてめぐるにはよく判らなかったけれど、お父さんの話によると、おじいちゃんの小舟は海流に乗って遠くに流されてしまったということだった。

ずっと座ってばかりでお尻が痛くなったころ、ようやく降りることができた。めぐるたちはタクシーに乗り換え、しばらくして大きな病院についた。病院の前では、新聞記者の人たちが待っていた。

エレベーターに乗り、だんだんと上がっていくにつれて、めぐるは何だかドキドキしてきた。

おじいちゃんはベッドの上に座って、リンゴを自分でむいて食べているところだった。

お父さんとめぐるが入って来たことに気がついて、じいちゃんはにっこりと笑って見せた。めぐるもつられて笑った。

「やあ、心配かけて悪かったな」

おじいちゃんはそう言って、むきかけのリンゴとナイフを横に置いた。

するとお父さんが「大丈夫ですか」と尋ね、おじいちゃんは「ああ、見てのとおりだよ」と答えた。

ベッドの隣に立ったときに、おじいちゃんが手を伸ばして、めぐるの頭をなでた。

「めぐる、新幹線に乗ったかい」

「うん」

お父さんが「ずっと海の上にいて、食べ物はいったいどうしてたんですか」と聞いた。

「魚を釣って食べたに決まってるだろう。何言ってんだ、お前は」

それを聞いた新聞記者の人たちが、いっせいに笑った。

「おじいちゃん、ずっと一人で怖くなかった？」

めぐるが聞くと、おじいちゃんは頭を振った。

「めぐる、海には生きるために必要なものが何だってあるんだ。しばらく帰れなかったのも、ちょっとした海のいたずらなんだよ。だからぜんぜん怖くなんかなかった。まあ、焼酎がないのはつらかったけどな」

めぐるは、おじいちゃんの生き生きした顔を見ていると、急に涙が出そうになってきた。悲しくないのになぜなんだろうと不思議だった。

おじいちゃんはもう一度、めぐるの頭をなでて「今度はおじいちゃんと二人で海に出かけような。小舟は知り合いから、もっといいやつを借りるから」と言った。

「うん」

めぐるは元気よく答えてから、お父さんの方を見上げてみた。

お父さんは、困った顔をしていた。

おわり

読み終えためぐるは、教室の子供たちをゆっくりと見回した。

途中ですすりなく声が聞こえていたことには気がついていた。女の子が何人か、目を赤くして、手のひらでぬぐっていた。笑顔の子もいる。小さくうなずきながら、めぐるを見つめている子もいる。

雨は相変わらず降り続いていたけれど、不思議と静かだった。

横にいた担任の女性教師が、ハンカチを鼻に当てて、お礼の言葉を口にしたようだったが、声がかすれていて、何と言ったのかよく判らなかった。でもめぐるは笑顔を向けて、「こちらこそありがとうございます」と一礼した。

その女性教師が拍手をし、それが教室じゅうに広がった。

めぐるは手を振ってそれに応《こた》えようと立ち上がったが、勢いがつき過ぎて、机の縁で腰を打ってしまい、顔をしかめながら手を振る羽目になった。

でも、すぐに痛みは忘れた。

今まで何度も、自分の人生はこれでよかったのか、他の道に進めたのではなかったのか、未来を変える努力をして来なかったんじゃないのか、そんな否定的なことばかり考えていたけれど、それでもさまざまな積み重ねをしてきて、今ここにいて、子供たちから拍手をもらっている。自分で作った物語の世界に、子供たちを連れて行ってあげることができたのだ。

これまでの人生、実はそう悪くもなかったのかな。

だって、今のこの瞬間は、これまでがあってこそなんだから。

めぐるは子供たちを見つめ返しながら、小声で言ってみた。

うん、まあまあ。

この物語はフィクションです。

ひなた弁当

山本甲士

業績悪化により、五十歳を目前に上司に騙され出向したが、人材派遣会社ではきつい仕事ばかり紹介され長続きしない。心の病を疑うようになった頃、ふとした思いつきにより主人公が逞しく変貌していくことに…。感動の長編小説！

——本書のプロフィール——

本書は、二〇一一年十二月に中公文庫として刊行された『巡る女』を改題し、文庫化したものです。

小学館文庫

めぐるの選択《せんたく》

著者　山本甲士《やまもとこうし》

二〇一八年四月十一日　　初版第一刷発行

発行人　菅原朝也

発行所　株式会社 小学館

〒一〇一-八〇〇一
東京都千代田区一ツ橋二-三-一
電話　編集〇三-三二三〇-五八一〇
　　　販売〇三-五二八一-三五五五

印刷所――中央精版印刷株式会社

この文庫の詳しい内容はインターネットで24時間ご覧になれます。
小学館公式ホームページ　http://www.shogakukan.co.jp

ISBN978-4-09-406508-4

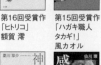